SEXの原点

善塔敦彦
Atsuhiko Zento

文芸社

はじめに

私たちは老境に入り始めた夫婦です。

とくに夫である私はこれまで幾度となく妻をだまして利用したり裏切ったりして、妻に苦しみや悲しみ、怒りや恨みに満ち溢れた辛酸きわまる人生を歩ませてしまいました。仕事がうまくいけばそれにのめり込んで家庭を顧みず、浮気をしたりと。

それによって私自身の人生が、喜びや楽しみ、笑いや安らぎの多い幸福な人生になったのなら、まだしも妻の不幸にも犠牲としての意味はあったと思います。

しかし、そうはなりませんでした。

彼女は犠牲になるどころか、私を不幸への道連れにするあらゆる努力をして、それを成功させたからです。

私にすればまことに愚かなことだと言うほかありませんが、彼女は共に不幸になることは共に幸せになることよりも夫婦であることを真に証《あか》すものであり、結婚は成功であったと考えているようです。

人は誰でも幸福になろうとして結婚し夫婦になるでしょう。

そうであれば不幸な夫婦には、結婚している意味がないことになります。

世の中に夫婦別れが増えこそしても減ることがないのはそのことの表れでありましょう。そうは言っても、すべての夫婦が別れるわけではありません。家庭内離婚の状態となりながらも離婚しないケースは多いですし、さらにそこまではいかなくとも不仲や不和のほかにも別れずに暮らしている夫婦は数知れません。が、彼らが別れずにいるのは、それ以上の不幸を防ごうとしているためか、幸福への少ない可能性を信じているからでありましょう。

いずれの場合にしても、決して不幸になろうとしていないことは明らかであり、結婚に後悔はしても成功したとはとても考えていないでしょう。

では、妻の「共に不幸になれることは共に幸せになろうとすることよりも夫婦であることを真に証すもの」という考えはおかしいことになります。

いや、妻だけではなく、残念だといいながらも別れることなく共に不幸へと道連れとなった私自身のなかにも、同じ考えがなかったとは言えません。

なぜ夫婦そろってそうしたおかしな考え方になってしまったのでしょうか。

思うに、幸福になろうとしてもなれないことから「幸福になろうとして結婚し夫婦になる」ということに疑問を抱くようになったからでありましょう。

そして、本当は幸福になるためではなく、「夫婦になるために結婚する」のではないかと思うようになったのです。なぜといって、男と女である私たちに夫婦となるための目的は必要ではないように考えられたからです。

幸福は結婚して夫婦になるための目的ではなく、結果として表れるものではないか、もちろん不幸もそうでありましょう。

とすれば、幸福の中に夫婦であり続けることよりも、不幸の中に夫婦であり続けることの方が真の夫婦であると言えることにならないでしょうか。

夫婦であること自体が目的であるのなら、幸福よりも不幸の方がより明確にその絆の強さを証すだろうからです。

目次

第一章　幸せに生きる

青い鳥と幸福

昔は人生五十年といいました。

還暦を迎えた私はすでに十年も長生きをしていることになります。

このあたりで私たち夫婦が気づいたことをまとめます。

気づいたこととは他でもありません。幸せに生きることについてです。他でもないといったのは、幸福こそは誰もが例外なく求めるものであるからです。そして、そうであるにもかかわらず私たちはそれを確実に得ることができません。

求められない幸福といえば、すぐに連想されるのが有名な『青い鳥』の物語でしょう。幸福の青い鳥を探し続けたチルチルとミチルは長い旅の果てにその鳥を我が家で見つけるのですが、せっかく見つけた青い鳥も結局は逃げてしまいます。

幸せを得ることの難しさが分かりやすく語られた忘れられない名作です。『青い鳥』が名作とされる理由は、〝青い鳥が逃げてしまう〟こと、すなわち〝幸福が得られない〟ことや、たとえ得たとしても、〝幸福であり続けられない〟ということが、人生の真実として強い説得性を持って訴えてくるからでしょう。

人はみんな懸命に幸せを求めているのにもかかわらず、幸せになれなかったり、幸せであり続けられないというのは何故なのでしょうか。

そして、それが人生の真実として誰にでも実感できるのであるなら、幸福にはそうなるべき深刻な宿命のようなものがあるのではないでしょうか。

そのように考えると、何かしら思い当たることがないでもありません。

というのは、人間の求める幸福というものが不幸と表裏に結びついて表れていて、それ自体だけでは表れることができないように見えるからです。

たとえば、幸福を成り立たせる健康や円満、安全や安心、繁栄や栄達などの喜びや楽しみのできごとが、反対の不幸となる病弱や、不和、危難や不安、貧窮や没落などの悲しみや苦しみのできごとと裏表になって表れていることがそうです。

それは個人の幸せだけではなく、安寧や発展や平和といった国や社会の幸せな状態が、混乱や衰退や戦争といった不幸な状態に結びついて表れていることからも分かるのではないでしょうか。まるでその表裏関係は、人間が生きるための、すなわち世界が世界であるための定めであるかのように思えます。

人間が生きるため、世界が世界であるためと申したように、人は一人では生きられません。他者との社会関係によって生きているのであり、その関係が物事に前述したような表裏の現象を作りだしているでしょう。

その関係が他者の問題として起きていることであれば、私自身にとって二次的な出来事ですから他人事《ひとごと》や無関心でいることもできるのですが、自己を中心として起きたときには逃れがたい重大な意味を表すことになります。そうであれば、そうした関係の中で人々が幸せを求めようとすることは、必然的にその関係原理に、他者を不幸にしようとすることにならざるを得ないでしょう。

それを具体的に考えてみると、例えば、求める幸せは必ず何らかの良き意味や快となる価値によってつくられます。ですから、幸せを求めるとは少なくとも快となる価値を求めることになります。しかし、それは単に求めるだけで実現されるものではありません。快となる価値は原則として何らかの物事の達成や成功をつうじて得られるのですから、そのための行為が必要になります。

人々の達成や成功への行為は目的行為になるでしょう。目的される、快をもたらす達成や成功という目的には、必ず反対の不快をもたらす挫折や失敗というマイナスの価値が対称されて一体化していると考えられるからです。したがって、達成や成功を実現するためには、それらを明確な目的にして挫折や失敗を排除するという手段行為が欠かせないことになります。つまり、人々は目的のなかにある成功と失敗という価値の一体的対称性を切断して、自分だけが成功という快の価値を取り出し、他者に失敗という不快な価値を渡そうと手段で関係するようになるのです。

また、成功や失敗は単に手段行為の優劣や、それで得た価値だけを表すのではありません。それはその行為をもたらした理性の能力の高さをも表すでしょうから、人間性の力量の評価となり、ときにはその人自身の存在の優劣として認識されることもあるでしょう。その行為が手段と呼ばれるものです。

そのことは反対に、相対関係が切り離されて消滅した場合、それで表れた価値はそのままの状態でいられないということをも示すでしょう。このことは幸福の定めや宿命を考えるとき、とても重要な意味を持っていると思われますので、それについて少し詳しく考えてみましょう。

これから幸福となる快を実現する手段や行為について考えていくのですが、ここでその前提となる根本的な関係について触れておく必要があります。

それは、ここまで考えてきた幸福や快、達成や成功という価値、そしてそれらを実現する手段や行為を成り立たせる大前提としての自他関係です。さきほど、「人はみんな懸命に幸せを求める」といいましたが、求める幸せはそれを、目的にするということです。

そして、通常、目的される快感をもたらす達成や成功を目指しているかぎり、それは蹉跌や失敗という不快感とは表裏一体の切り離せない関係でありつづけます。

しかし、物事が達成や成功として実現された瞬間から、それは不首尾や不成功という不快感とは切り離されて確定した既成の快感になります。当然にそれは、確定以前に感じる不確定性ゆえのワクワクする期待や、ドキドキする緊張感などの強い興奮刺激を喪失させることになります。そして、確定した瞬間の解放感である大きな快感は、既成化されたことによって高揚感からしだいに安心感となり、快感の度合いを薄めながらその刺激が次第に色あせていき、やがては何の変哲もないありふれた事実となっていくことになるのです。

幸福は何らかの快感やその集まりをつうじて得られますから、幸福は不幸から切り離されると幸福ではあり続けられないということをも示すでしょう。

本当の幸福がなかなか得られない理由として、〝青い鳥が逃げてしまう〟こと、すなわち〝幸福が幸福であり続けられない〟という深刻な宿命を持っていることが理解できます。

快感の本性

本質的で絶対的な存在関係が、私たちを物事で快感する幸せへと導くとしたら、その必然性は何なのでしょうか。

思うに、それは、「私」が「生きる」ことを快感にしなければならないからでしょう。言うまでもなく、人間は「快を求めて不快を避ける」という生命本性を有しています。これは、何も人間だけでなくサルなど他の動物も少なからずもっている本性です。

ですが、その欲求レベルは、脳内の快感物質の質量の多さの違いから見て、人間は他の動物とは比較にならないくらいに強いものがあると推察されます。

したがって、「私」が「生きる」ことを物事での快感にしなければならないのは、そうした快感性の強さに対応するためであり、「私」はその快感刺激ではじめて「生」をありありと実感できるのでありましょう。またそれで作りだされた刺激的な快感が、人間の快感性をより高次への昇進、進歩させてきたとも言えるのではないでしょうか。

二つの快感原理

しかし、快感刺激といっても、人間の場合は、その快感に二種類の別があります。生命性による本能的な快感と、言葉による理性の非本能的な快感です。快感の種類が違うのは、その形成方法が原理的にまったく異なるからです。

生命性による快感の形成方法は、雌雄による愛情と合体の関係で表れます。他方、言葉による快感の形成方法は、自他が物事の違い（差異）を害、無害、正誤、優劣、損得などのさまざまな価値で比較、評価し、差別化する関係で表れます。つまり、両者の快感は、雌雄の関係が一体化や結合の原理で表れるのに対して、言葉による自他関係は、物事を対照して比較する分離の原理で正反対に表れるのです。

快感の形成方法の違いによって、両者にまったく異なった快感性質が表れるのは分かりやすい道理です。そして、その違いによって物と事の快感が作り出されるのでありましょう。

私の存在原理

しかも、さらに重要なのは「私」という存在自体も言葉で対照する分離の原理で表れていることです。

その証拠に、いま「私と他者は、私があって他者があり、同時に他者があって私があるという、存在のための本質的な関係」と述べましたが、その「私と他者」はどのようにして私となり他者となるのでしょうか。それは両者の異なりや違いによってではないでしょうか。

もし、両者が等しかったり同一だったりしたら、自他の別は表せないでしょう。自他を明確化するためには距離をとり、名前を筆頭にあらゆる事項を個別化して、両者の異なりや違いをできるだけ鮮明にし、分かり易くする必要があります。そのために欠かせないのが距離をとる分離の原理であり、対照して比べることです。

「私と他者」は分離され対照し合うことで、はじめて互いを対象化し定立できることになります。

つまり、命が生の価値快感によって、命となれない宿命のために、価値を求める生き方が幸福の図式として表れるのではないかということです。

生きるためにさまざまな価値を作りだしていくことは、私の幸福にとって必要なことでしょう。

また、それが刺激的な快感となるため強く囚われて、逃れられなくなってしまうことも大きく影響しているでしょう。

しかし、だからといって、それを命の目的にしてしまうことは、命が真に目指そうとする幸せを失わせることになりましょう。

しかも、すべての人が欲求し願望する価値の幸せは、日常的に意識することなのですから、それは人間が普遍的に本性としてあるべき命の形を欠如させた状態であることをも暗示しているでしょう。

そして、それが事実であるとすれば、「なぜ人間は価値の幸せを求めるのか」という問いは「なぜ人間は生命性を欠如させるのか」というより根源的な懐疑へと私たちを向かわせることになり、決して愚問として笑い飛ばせるような問題ではなくなります。

人間の言語意識は快感を欲望する

その欲望は言語意識の分裂性から発する。言語意識の分裂性とは、認識世界と不認識世界の対照で意識世界が成り立つことである。認識世界は言葉で物を快感認識（有の認識）することであり、その世界は認識できない虚無世界に対照される。

その認識は無いという虚無世界を対象基盤とする。意識が虚無世界と物有世界に言語分裂されれば、生命は常に本性の快感であろうとして物の有る状態を欲望することになる。

生命性の欠如

冒頭、「私たちは幸せが何なのかを命の呼びかけとして知ることはできない」と述べました。

その理由は、当の幸せが「私の幸せ」であるところに由来するのではないかとの考えによります。幸せがどのようなものであろうと、それは必ず「私」が決めるものです。このことは、反対の不幸にしても同じです。いずれにしても決定者が「私」であるのを否定することは出来ないでしょう。

誰がそれらを決めるにしても、必ず誰かの「私」が行うことだからです。

幸せが常に「私の幸せ」になることが理解されたとすると、つぎはそれがどのように表れるのかという疑問が起こります。なにしろ、「命の呼びかけとしての幸せを知ることが出来ない」のも、「人間があるべき命の形を普遍的に欠如させる状態」になると考えるのも、常に幸せが「私の幸せ」として表れることによると仮定しているからです。

そして、その仮定に大きな信憑性を与えるのが、幸せが常に「生きる」ことのなかで表れるということです。

「生きる」こと、すなわち生を一人で成り立たせることはできません。生は他者との関係をつうじて表れるものであるからです。

私と他者は、私があって他者があり、同時に他者があって私があるという、本質的で絶対的な存在関係です。

幸せと不幸

まず第一に、一口に幸せや幸福といいますが、私たちはすべての人々が絶対にこれだと言えるものを見出していないことです。ただ人それぞれが自分の価値観に合わせて「これが私の幸せ」だと。

しかし、既に揺るぎない幸福を実現した人は改めてわざわざそれを求めないでしょうし、願うこともしないでしょう。その手に得られた幸いを二重に求め願う必要はまったくないからです。そうであれば、幸せを求めるのはそれが失われているからであると考えるほかないでしょう。

このように言うと、まるで「初めはすべての人が幸せであった」かのようだとの反問や異議の声が聞こえそうですが、私たちには、「幸せであった」とすることが間違っているとは思えません。

なぜかというと、すべての生き物の中で人間ほど幸せを体現して生まれてくる命はないと考えられるからです。もう少し言えば、人は幸福の化身として生まれてくると確信しています。

幸せの化身とは、生命それ自体が幸せを表しているということです。そして、そのことは人の命の生まれが明らかにしていると思います。

事実、貴方たちがそうであったように、原則として人の命は男女の愛の心を移し身とし、性の歓びを凝縮させて生まれてきます。

つまり、生まれる命は男女の愛と歓びの具象体であり、それを本性にしているということです。だからこそ両親は、生まれた幼子にふたりの愛のすべてを注いで歓びの本性を充たし、その幸せな姿にふたりの真の幸福を観るのではないでしょうか。したがって、男女性こそは人々に絶対的な幸せを約束する生命性であると考えることができます。

こうした生命誕生の事実を踏まえて幸福の意味を捉えようとすれば、人は幸せの化身として生まれてくるとする私たちの考えが単なる思い込みや空想ではないことを理解してもらえるのではないでしょうか。

それが分かってもらえれば、人々が幸福を求め願うのは先ほど述べたように、既に有していた本来の幸せが失われているためであるとの考えも、特に不思議なことではないと思います。

しかも冒頭で述べたごとく、幸せへの欲求や願望はすべての人が日常的に意識するものなのですから、それは人間が普遍的に幸せを喪失させた不幸状態にあることをも意味するでしょう。

そして、それが事実である以上「なぜ人々は幸せを求めるのか」という問いは「なぜ人々は幸せを失うのか」という疑問に転化することになり、決して愚問として笑い飛ばせるような問題ではなくなります。

「人々が幸せを失う」という深刻な問題の原因ははっきりしています。

それは絶対的な幸せを約束する男女性を私たちが喪失させているということです。しかもその問いを突き詰めていくと、幸せを求めれば求めるほど人々はそれから遠ざかるという矛盾や逆説に突き当たるのです。

そのことは、私たちの幸せの有り方から容易に明らかにすることができます。例えば、私たちが幸福の化身として生まれるのであれば、その幸せは成長とともに自然に到達できる世界であるはずです。それへ到達するのは本質的に私たち自身の中にある本性に拠ることになります。ところが、人々はその幸せを自分の中ではなく外に求めます。これが幸せだ、いや、あれが本当の幸せだと、さまざまな物事に幸いを見ようとするのです。

しかし、例えそうであっても私たちは幸せを求めずにはいられません。それを止めてしまうことは生きる意味を失くしてしまうように思えるからです。でも生きる意味としての幸せが青い鳥のように決して捕らえられないとしたら、懸命に幸せを求めることが人生を虚しくしてしまうことになってしまうでしょう。

事実、私たちはチルチル・ミチルと同じように長いあいだ青い鳥を追い求めつづけました。なぜなら、その果てにそれが逃げてしまうことで幸福の鳥と呼ばれているからです。

その果てに青い鳥が幻の鳥であることに気づいたのです。とうとう私たちは青い鳥を捕らえたのです。

でも、私たちが青い鳥を捉まえたといっても信じてはいだたけないでしょう。青い鳥は逃げてしまうことで幸福の鳥と呼ばれているからです。捕らえられないとは幸せになれないことですから、逃げてしまう鳥が幸福に例えられるのは一見すると不思議に思えます。しかし、その疑問は、逃げる青い鳥を捕らえたと仮定してみるとよく分かるのではないでしょうか。では、私たちの捕らえた鳥は幸福の青い鳥ではないのでしょうか。それにしては、その鳥が日々幸せにしてくれるのはどうしたことでしょう。しかも、その幸せはさまざまな喜びや楽しみで作りだされるのではなく、幸せが歓びや楽しみを作りだしてくれるのです。実現された幸福はそのことによって幸福でありつづけるのです。また決して色あせることなく時間を経る毎に深まっていくのです。

親子の情愛と子の信性

子に「無いけれども我慢すればやがて有る」と絶対的に確信させるには、子の意識のなかにそのための心理機制を形成しなければなりません。現実を超越して言葉を信じさせる心理、あるいは言葉どおりに現実を解釈する心理、それらの超越的信性は親と子の絶対的な関係によって可能となるでしょう。

人間の親が子に対して抱く情愛は、究極的に死を前提にして形成されているでしょう。他力に存在させられた人間には生と死が宿命として表れるのですから、親は意識、無意識に生と死を考えずにはいられません。死ぬからこそ自らの生の意義を表そうとし、そのために子を教え育てると考えられるからです。事実、親は子の生命に自らの生命の継続性を見出します。そして、子に対する親の情愛は自らの生命を超越して子に注がれるという性質を有します。またそれゆえにその情愛は無私性であり、犠牲的であり、超越的で絶対に欠かすことのできないものです。なぜなら、この性質によって人間は期待し希望することができるようになるからです。そしてさらに、その性質によって初めて人間は目的意識を持つことができるようになるのです。

約束の言葉に絶対的な超越性を持たせるには、親の子に対する約束は決して破られてはならないことになります。矛盾の極みと表現した「無いけれども有る」が成立させられました。また、この信の性質と共に善と悪の感覚が定着していくことになるでしょう。親は子にとって絶対な存在です。親はその絶対性によって子の意識世界にどのような不可思議な現象であろうとつくりだせてしまうのです。

そこで不可能を可能にする躾方法がとられることになります。その方法とは、我慢の不快感を快感に倒錯認識させることです。どういうことかといえば、欲動行動をより大きな不快感に、我慢の不快感を快感に転倒させることです。自我意識の快感を転倒して倒錯させることができれば、子は倒錯した快感性にしたがって行為するようになります。「欲動行動の我慢」という善の性質を身につけさせるために、快感性を転倒させる躾が行われることになります。

悪の恐れと善の喜び

快感性を倒錯させる具体的な方法は、アメとムチという快感と不快感になる方法を明確に使い分けて躾することです。例えば、幼児が物を欲しがって快感を実現するように迫ったときに「ダメ」と言って否定し、それに反抗して泣き叫んだり、怒鳴ったり、暴れたりする力動行動を示したときには強く叱ったり、時には叩いたりする体罰を与えて禁止することです。禁止の戒めとして体罰が用いられるのは、子の力動行動が良否の判断をする論理性形成以前の非理性の生命性から表れているため、親は絶対の愛情を恐ろしさに変えて対応するほかないからです。

それまで子の欲しがるままに与えていた意味物を与えないようにすると、我慢することを知らない子は剥奪された意味快感を欲動して怒りの力動性を発動します。その力動性を親は圧倒的な威力で挫くことで、子に大きな恐れを感じさせます。恐れさせるとは、精神的に親との絆を絶つごとくに厳しく叱り、快感へと行動する身体性に逆の強い不快感を与えることで、一時的に快感性を否定して生命性を無力化する効果を狙ったものです。心身両面で親との絶対関係を切断されたように感じさせられた子は、生命的な反応として怒りを一転して恐怖に変えるでしょう。その絶対的な恐怖体験が、原初に悪の不快感覚とされて身体性に刻まれると考えます。怒りが恐怖となるのは生命の絶対的な危機状況で起こることですから、力動性を悪として恐怖感覚と堅く結びつける躾方法は解かりやすいでしょう。子は深刻な恐怖から逃れるためにより小さな不快感である「無い」を「我慢」するしかありません。

親は戒めの懲罰によって子の力動行動を挫いて無いの不快を我慢させると、今度はその「我慢の態度」を一転して褒めたり褒美をあげて快感にさせます。我慢の態度を賞賛することで善の快感情を創り出すようにします。怒りの力動性を恐怖に変えられて我慢する極限的な不快感状態の後に大きな快感が表れれば、その快感はそれまでの不快感を打ち消す効果を表します。恐怖や我慢の不快感が一転して賞賛の快感に変換されるのですから、それは幼児にとって生命の危機から救いだされるような安心と喜びの快感となり、その快感は絶対的善感情につながっていくと推察されます。不快感を快感に転倒する親の絶対的な躾によって、子は我慢とその後に起こる賞賛の快感を「我慢したから快感できた」と関係づけて、倒錯認識する善の心理機制を形成されていくことになると考えます。

我慢と約束　現実を蔽《おお》う信念

「我慢したから快感できた」と我慢と快感を関係づけて、我慢の不快感を善感覚としての快感にする心理機制は、単に身体性を無力化して恐怖させれば可能になるものではありません。身体性の無力化と同時に意識の側にまったく別の原理で表れる「無いと有る」の不条理な精神世界を創りだすことが必要になります。不条理な精神世界とは、一言で言えば「無い」が「無い」として表れるのではなく、「無いけれども有る」という、矛盾きわまりない状態で表れる両価的、アンビバレンツな世界です。その世界は、現実のなかに信仰化された観念を創りだすことで可能になります。この場合の信仰とは、宗教の絶対者への畏怖を背景にした信性ではありません。もっと根源的な親と子の生命性を基盤にした絶対親和の情性を背景にした信性のことです。

「無い」という剥奪無は実際に表れている現実世界です。しかし、その現実世界に「有る」という信仰化された観念を創りだして、その「有る」の観念世界から「無い」の現実世界を観るようにさせるのです。それを分かりやすく一言で表現すれば「無いけれどもやがて有る」と認識させるようにすることです。「無いけれどもやがて有る」と認識させるには、現実の「無い」の不快感を「やがて有る」という信仰された期待快感で蔽《おお》えるようにさせなければなりません。したがって「やがて有る」の期待は現実を上回れるほどに強い観念である必要があります。そうした強固に信仰化された観念を創り出せれば、幼児は「やがて有る」に「期待」快感して現実の「無い」という不快感に耐えられるようになります。

認識の虚空

「やがて有る」の観念を創り出すには、まず現実認識されている「無い」を消失させることから始まりますが、そのためには「無い」という認識そのものを根底から消失させる必要があります。そして、それは恐怖によって可能になるでしょう。

子は力動性を挫かれ生命性を無力化されることで恐怖しますが、その恐怖は心に認識の空白をつくりだすでしょう。例えば、生命性の無力化は恐怖となって身体の側に行動の停止をもたらしますが、それに対応して精神の側に恐怖による認識の停止が表れるのは生命の心身一如性から容易に考えられることでしょう。大人の場合は極限的な恐怖に対して恐慌状態を表すことができますが、幼児はまだ理性的な認識行動が取れないのですから恐慌を起こして恐怖を紛らわせたり逃避することができません。できるのは認識を停止して意識に意味の空白状態をつくりだすことだけでしょう。

意味の空白とは「無いでも有るでもない」認識できない意味の虚空状態、または意味存在していないとも言える状態であり、分かりやすく例えれば心神喪失に陥った状態です。認識の虚空は生命性の危機状態という深刻な恐怖からつくりだされますから、その前では「無い」という不快な意味認識は容易に消失されてしまうでしょう。

子にとって絶対的な生命関係を切断されて揮《ふる》われる親の圧倒的な否定力によって、怒りの力動性は一転して恐怖に変えられて認識の虚空となり、それが無いの現実認識の消失へつながると推察します。

接続される意味快感

認識の虚空によって無いの不快感が消失される状態は、親の絶対的な愛情によって躾教育によって創りだされるのですが、その躾教育は必ず「我慢できたら後であげる」という意味物を与える約束の言葉とともに行われます。親は約束の言葉をかけることで我慢と意味快感を結びつけ、子に「我慢したから快感できた」と因果関係にして認識させようとします。

しかし、子は最初から約束を約束として認識できるわけではありません。親の約束言葉を理解できないまま何も分からずに我慢している子の前に、「おりこうさんね」とのやさしい言葉や「我慢できたからあげる」の褒め言葉とともに欲していた意味物が突然「有る」として現れます。「我慢できたら後であげる」という約束の言葉どおりに親から意味快感させられるのです。剥奪無の不快感が認識の虚空で消失され、その後で「有るの意味快感」が突然に表れます。この断絶した別々の無関係な出来事の体験は、分かりやすく言えば「剥奪無の現実」を「認識の虚空」で強制消失させ、その後に突然「有るの現実」が表れるという経過です。言い換えれば、剥奪無の不快感が認識の虚空状態によって他力的に切断消失され、その後にまったく異なった「有るの快感認識」が接続されることであるといえるでしょう。

剥奪無の認識が虚空化され、その虚空に意味快感が接続されれば、子はその現象を親の「我慢できたら、後であげる」の言葉どおりに認識するようになっていくでしょう。なんとなれば、一連の現象は必ず約束の言葉のとおりに繰り返し創りだされるからです。繰り返し我慢させられた後に「有るの意味快感」が表れれば、その現象は我慢と快感を因果として結びつけて認識させるでしょう。そして、その繰り返しはしだいに「我慢すれば有る」という認識を揺るぎ無い確信にしていくでしょう。我慢すれば有るという確信が、無いと有るを結びつけて「無いけれども我慢すればやがて有る」と期待する信念へと進むのは解りやすいことではないでしょうか。

言葉の起源

私たちは生まれたときから言葉の海の中で育ちました。そのことに対して私たちは別段、不思議にも思いません。でもちょっと考えると大変、不思議なことなのです。

私たちは生まれると言葉をかけられ、教えられ、そして覚えた言葉で私という世界をつくりだしていますが、言葉がなければ私の世界が形成できないということです。

しかし、言葉が最初にあって、後から私の意識世界がその言葉で形成されたということになると、最初の言葉は一体どこからきたのか？　ということになってしまいます。一番最初に言葉を話したヒトは、ヒト以外の誰かから、たとえば宇宙人などから言葉を教えられたのでしょうか？

もちろんそうではないでしょう。ヒトは自ら言葉をつくりだしてヒトになったのだと思います。そうすると言葉をつくりだす以前にまず私がなければなりません。「言葉でつくりだされる私」ではない「言葉をつくりだす私」が。

ではどのようにしてその私は出現し、どのようにしてその私は言葉を発現させたのかという根源的な疑問が出てきます。私と言葉の関係はどのようなものなのでしょうか。そして、その起源はどこにあるのでしょう。

私と言葉をもったヒトは自然に地球上に現れたと思います。これから人間がどのようにして私と言葉を持つようになったかということを考えていきましょう。私と言葉の関係を考えるのは、今の私たちを知るうえでも大きなヒントや発見を与えてくれるでしょう。現在の人間は言葉で私の世界を構築し、言葉で人間と人間の関係に喜びと悲しみをつくりだしながら生きているのです。そうではなく、私が先にあってその私によって言葉が後でつくられる自然な世界が見つけられれば、喜びだけで他者と自己が生きられる絶対の歓喜世界が見つけられるかも知れません。言葉以前の真の私の世界は、生命の根源で絶対の歓びと快感に必ずつながっていると直観されるからです。

それでは、五百万年前の原始の世界に「私」と「言葉」を求めて旅立ちます。五百万年前までの世界に逆行するまでの間、どのようにして原始の世界を旅していくかを話しながら行くことにしましょう。

私の考え方

1　考える私以前の「私」

私たちが知っている言葉に「我思う、故に我有り」や「人間は考える葦である」という有名なデカルトやパスカルの言葉が有ります。これらの言葉は私とは「考える私」であると語っています。実感から言ってもそのように感じられます。ですが、それは現在の私たちがそうなのであって、初めからヒトはそのような状態で突然に現れたわけではないでしょう。考える私が現れる以前に、それとはちがった状態で現れていた私の時代があったと思います。

考える私は言葉で考えられて現れる論理の私ですから、言葉の数が論理的な考えのできる程度にまで増えていなければ、現れることが出来ないと思います。まだ言葉がなく、あるいは言葉の数が少なく、論理的に考えられない時代には、考えることよりも感じることで私は意識されていたと直観されます。その私を言い表すとすれば、それは考える私ではなく「感じる私」と呼ぶべき私だったのではないでしょうか。

ヒトは私を表すことでヒトになったと言いました。言葉がない時代にまず「感じる私」が現れて、その後に言葉が発現されるという順序ではなかったかと考えます。いつ、どのようにしてヒトが言葉を話すようになったのかは、現在のところ何も分かっていません。知ろうとしてもその手掛かりとなるものが残っていないからです。

私の思う原始の世界も証拠が有りませんから、その考えが事実だと証明することはできませんが、仮説として素人考えで、自由に相像の綱を広げて常識や学説にとらわれずより真実に迫れることもあるのではないかとも思います。

2　案内のしかた

これから案内する原始の世界で起きた私の出現と言葉の発現については、何も分かっていない状態ですが、人類が類人猿（ゴリラ、チンパンジー、ピグミーチンパンジーなど）から猿人、原人、旧人、新人、現代人というように進化してきたことは人類学の定説となっています。最近はもっと詳しく分類されているようですが、ここでは人類の進化過程を学術的に説明しようとするものではありませんので詳しく触れません。

また、言葉の発現について考える場合、何をもって言葉と考えるかという問題が起きてきます。現在の私たちが話す言葉のように、論理的、構造的なものを言葉とするか、音声単語だけでも言葉と考えるかということですが、ここでは私を表す音声単語であれば言葉だと考えて案内していきたいと思います。先ほど言いましたが、私が出現しなければ言葉は発現されないと思われますし、当然ながら生まれたての私は短い言葉で表されたのではないかと考えられるからです。

3　言葉と欲求

最近では、人間以外の動物が記号を理解したり、個々の物事をまとめて全体を一つに考える概念の能力をもっていたりすることが、実験室などで行われた研究で明らかになってきています。類人猿のサルたち、特にチンパンジーやゴリラなどは、他の動物と比べれば非常に高い知能を有していることが確かめられています。彼らにも自分という意識はあるでしょう。知性も多分にもっているでしょう。ただ、彼らの自分は身体だけの自分であって「目的を定めて達成するために考える」という「論理の世界」をつくりだしたりすることはできないのだと思います。実験室でチンパンジーが、数々の実験をこなして潜在する認知能力を引きだされても、その能力が自然に帰ったチンパンジーによって広げられ、高められるかといえば、現状では不可能なことだと考えられています。人間以外の動物には、概念や認知能力があっても、それを用い、発達させようとする「欲求」がないからです。

能力はなくても「欲求さえあれば能力はつくられる」ことは真実だと言えます。ですから、人間が言葉を話すようになったのは、言葉によって自身の中の私を何かに向かって表したいとする欲求が強く表れたことが原因していると考えられます。しかも、その欲求は非常に強いものだっただろうと思われます。言葉のない状態から言葉が発せられることは、いわば無から有が生み出されると形容できることですから、その原因となった欲求は爆発的な創造のエネルギーをもったものであっただろうと想像するのです。その欲求はどこから来たのでしょう。

4　言葉と性

自然な状態で動物は、食べ物やそうでない物、危険な物やそうでない物など、色いろな物事を識別しています。人間も言葉をもつ以前は他の動物と変わらない状態だったでしょう。そのことから考えると、人間がサルだったころに木や草、石や水、総ての物を含む自然の環境が、言葉を発現させる欲求をもたらしたとは思えません。それらの物に言葉をかけても応えないからです。

言葉をもたらすほどの大きな欲求は根源的なものだと思われます。動物の根源的な欲求と言えるものを考えたとき、思い当たるのが食欲と性欲です。そして、その欲求のうち自然の環境と切り離せないものが食欲です。生き物は自然から食物を得ます。そしてまた、それは一人で満たせる欲求でもあります。

しかし、性欲は異性を必要としますから、決して一人で満たせない欲求です。言葉も自身の中の思いを相手に向かって表すものです。すでに私たちは言葉を使って、自己の思いを何の抵抗もなしに相手に伝えることができます。もし、現在の私たちから言葉が消えてしまったとしたらどうでしょう。そのなかでただ一人だけに言葉が話せるとしたら、誰に言葉を向けるでしょうか。母でしょうか。父でしょうか。兄弟でしょうか。それとも、友人ですか。あるいは、仕事先の誰かでしょうか。子供ではなく、はっきりと私を自覚している人間は、迷うことなく恋人を選ぶでしょう。妻を、夫を選ぶだろうと思います。なぜでしょう。それは伝えたい事柄のうちで、一番強烈な思いや感情を与えてくれる相手だからです。それを伝えられなければ生きている甲斐がないと思え、命と同等かそれ以上に大切だと感じられる「恋心」や「愛情」だからこそ言葉にしたいと思うのです。そのように考えてみると、性が言葉と密接な関係をもっているということが強い印象となって想像できます。言葉は私と貴方の関係を抜きにして話されることはありません。原則としてそれは常に私から貴方へ、貴方から私へ向かって話されます。そして私と貴方は根源的に「男」と「女」から始まるでしょう。このことから言葉と性に密接な関係があると考えるのです。

5　現在のサルたち

先ほどの進化の定説にしたがえば、ヒトはサルから進化したということになります。すると、まず解決しなければならないのは、サルたちがどうして直立二足歩行へと移行したのかという疑問です。サルがなぜ直立二足歩行をするようになったのかは、現在の人類学のなかでも最大の問題であり、かつ難問になっているようです。この他にも、家族の成立、そして言葉の発現という二つの条件が加わった三条件が、ヒトの進化に不可欠なことだと考えられています。特にこの三つの条件のなかでは、直立二足歩行がもっとも重要な条件だと世界中の人類学者が考えているようです。そのために直立二足歩行を説明しようとするいろいろな説があるようですが、そのなかでアメリカの人類学者のシューズという人が述べている運搬説が比較的知られているそうです。

この説は、物を持ったら二本足で歩かなければならないという単純、素朴で明快（？）な説です。サル学の研究者の観察によっても、例えば、寺島のイモ洗いをするサルたちを観察すると、イモ洗いをするときはイモをもって二本足で立って歩くそうです。だんだん慣れてくると、五十メートルくらいは二本足で小走りできるほどになるから、運搬説は有効な説だといわれています。この他にも手で道具を作るようになる過程で二足歩行するようになったという説などもあるようですが、いずれにしても、手や足の使用に関する説のようです。現在の私たち人間は直立二足歩行をしながら、目的に対して手を自由に使うことができますから、原始のヒトになったサルも何らかの目的をもって、歩くこと以外に手を使ったと考えがちです。

しかし、これらの説はおそらく誤っているのではないかと思います。それは、サルからヒトへと新化（私はあえて進化と言わず新化と言い表します。）することになった直立二足歩行への変化は、手を使うことや二足で歩くことなどの直接的な原因で現れた現象ではないと考えるからです。それらは他の原因によって直立二足歩行しなければならなくなったことで起きた現象、いわば他の現象の結果として現れたものだと考えたほうが自然でしょう。直立二足歩行が現れるにはもっと根源的で重大な原因があるだろうと思います。そして、その原因は、直立二足歩行だけではなく家族の発生や言葉の発現という、ヒトへ向かう新化のために重要な三つの条件のすべてを、同時説明できるものでなければならないとも考えます。私はそれを動物の本質といえる食と性のうち性を重視して、それが表す交尾という行動から考えを進めました。

私たち人間は対面する正常位でセックスしているにもかかわらず、対面して交尾していないと思われるサルから新化したと考えられているのです。ヒトがサルから新化したという前提に立つ以上、私たちの祖先であるサルたちは、対面して交尾をしていたか、あるいは、少なくとも対面して交尾ができるように、自らの身体の形態を変化させたと考える他はありません。では、はたして現在のサルたちのなかに対面して交尾をするサルたちの例はあるのでしょうか?

ありました。ありました。ゴリラやチンパンジーなど、高等な類人猿は対面交尾をしているとのことです。しかし残念なことに、現在のサル学にたずさわる多くの方々の観察や研究では、対面交尾は多くの交尾形態のうちのひとつであり、サルたちが交尾している形態の基本は背面交尾のマウンティングという後ろから馬乗りになる形態だということです。どうやらサルたちのなかで対面して交尾する形態が特殊な交尾形態にとどまっているのは、雌の膣が肛門と同じ後ろの方にあるので対面交尾では雄のペニスの挿入が困難だとの理由によるらしいのです。それでも不可能と言われていないのは、変則的ではあってもペニスを挿入して対面交尾をしていることもあるのだと思われます。

現在のサルたちにとって対面交尾が特殊で例外的な交尾形態であるとしても、ヒトへと新化したサルたちが対面交尾をしていなかったと考えたり、対面交尾を発達させなかったと断言するのは早計でしょう。いまのサルたちがサルにとどまっているのは、対面交尾を特殊で例外的な交尾形態にとどめているからではないかと考えることもできるからです。むしろ、いまのサルたちの背面からの交尾形態が常態であるかぎり、それはヒトへの新化をもたらさないということの証明であると考えても間違いとはならないのではないでしょうか。そうだとすれば、彼らの生態の観察や研究だけではヒトへの新化は解明できないと思います。ある時点からは、実現性のある想像や推察といった、思考の飛躍が必要になるでしょう。その実現性のある想像や推察によって考えていくために、現在の高等な類人猿にも見られる対面交尾から新化の原因を求めることにします。ヒトへと新化する方向へとむかったサルたちは、いまのサルたちとは違った状態をつくりだし、あるいは違って状況に対応したからこそ新化したのだと考えることもできるのですから。

第二章　人類の誕生

性と歓びの世界

1　原始の世界で

昔むかしの大むかしの太古で、いまから約五百万年くらい前のことです。アフリカのうっそうとした密林から私の物語は始まります。

樹高五十メートルを超える樹冠が繁茂した樹木が密生しているため、日光がさえぎられて昼でも薄暗いジャングルです。ときどき、真っ暗になったかと思うと強い雨が降りだしてきます。その雨もしばらく降りつづけると急に止んで、木々の間から木漏れ日がさしてきました。巨木の根が塀のようになって四方に延びています。巨大な樹体を支えるためにしっかりと根を広げているのでしょう。あたり一面は木々の葉や折れた枝が腐食して厚く堆積した土が弾力をもって広がっています。腐食した土の下では大きなムカデのような虫たちがうごくたびに表面の枯れ葉や折れ枝が動きます。ところどころに太い倒木が苔やシダ類に蔽われ、その青黒く広がった苔やシダのあちこちに、真っ赤な地に白と黒のまだら模様のあるキノコや、赤一色の毒々しいキノコ、茶色や褐色のキノコなどが肩をいからして生えています。湿気の多い生暖かい空気がよどんで動こうとしません。あちこちにつる植物が、垂れ下がりあるいは樹木を締めつけるように絡みついています。樹上の、つた植物が絡みついてコブのようになったところからは、着生なのでしょうラン科の一種と思われる植物が巨大な花を開いています。しかもそれが、深緑の木々のなかのあちこちに様々な色で咲きながら一際目を引きます。ときどき、極楽鳥のような鳥や名も知らない鮮やかな色の鳥たちが鳴き声をあげて飛んでいくのが見えます。

突然、私たちの右手前方百メートルくらい離れた辺りの梢を揺らして、黒い一団がかん高い叫び声をあげながら樹木の枝から枝を跳ぶようにこちらへきます。サルたちの一群です。頭上の枝を伝い、飛び移りながらつぎつぎにやってきます。木々の枝や葉が黒い風のような一群に揺すられて、ザワザワと音を立てながら、叫び声とともに右前方から私たちの左後方へ駆け抜けていきます。枯れ葉や小さな木の実のようなものがパラパラと頭の上に落ちてきました。一瞬、彼らに攻撃されているような錯覚を覚えます。やがて、密林を切り裂くような叫び声も遠くのほうで聞こえるようになりました。私たちもその声の方へむかいましょう。

うっそうとした木々の葉やツタ植物をかき分けて進みます。気をつけないと腐植土に足をとられて転びそうです。蒸し暑さで汗が首筋や背中を流れます。

しっ！　何か前方にいます。

薄暗いなかで眼の光だけがじーっとこちらを見つめています。何でしょう？　勇気をだしてもう少し近づいてみましょう。あっ！　先ほどのサルです。十メートルほど先の木の枝からこちらを見ています。それも一匹ではなく二匹います。チンパンジーよりもやや大きく、ゴリラよりは少し小さいようです。つややかな光沢のある黒い毛が全身を覆っていて、非常に美しい若いサルたちです。こちらに気づいているはずなのに驚いたり、あわてたりする様子を見せません。特にその眼は深い優しさをたたえて、不思議そうにこちらを見ています。静かに私たちの眼を見つめながら、こちらの心のなかを観ようとしているかのようです。彼らの眼の光の奥の深いところには、なにか喜びの感情があるような印象が感じられます。このサルたちは私たちの知っているサルとは全然ちがった種類のサルのようです。このサルたちには底の知れない魅力と、何か遠い懐かしさのようなものが感じられます。彼らの後を追って行けば、私たちの一番知りたいと思っていることを教えてくれるような気がします。彼らの後についていってみましょう。

そのサルたちの群れは、いま密林のなかにある岩場にいます。彼らは繁殖の時期をむかえているようです。なんと！　そのサルの群れのなかで、先ほど見たサルのカップルは対面して交尾をしています。他のサルの交尾は背面交尾がほとんどです。やはり、私たちが感じたように変わったサルたちです。その若いカップルは、互いを見ながら眼で何かを相手に伝えようとしているかのようです。

2 「見る」と「見られる」の関係

私たちはこれから以後、このサルたちの子孫を時空を超えて見つづけていきます。何万年も、何十万年も、あるいは百万年単位の時空で見ていきますが、このサルたちの子孫が他の同じようなサルとカップルになっていても、常にあの、眼が合ったサルたちを子孫たちに象徴させて追いかけます。時空を超えて彼らがどのように新化していくかを見るためです。

あれから長い時空が過ぎ去りました。いまも私たちはあのサルのカップルの子孫たちが対面交尾をしているところを見ています。

相手を見ながら何かを相手に伝えようとしているかに見えたサルたちの対面交尾のなかで、雌ザルは雄ザルの快感反応ともいえる微かな筋肉の硬直や震えなどのしぐさに好奇心をいだきました。対面することによって雄ザルの示す微かな快感反応が雌ザルへ伝わっていったのです。雌ザルは、その快感反応の「示すもの」を知ろうとしました。雌ザルの好奇心が充たされるには反応する雄ザルの身体だけを見ていても示すものは分かりません。やがて、雌ザルは相手の眼のなかに示すものとしての相手の反応の意味があることに気づいたのです。雌ザルが気づいた。示すものとしてのそれは「雄ザルの快感」でした。

背面での交尾と比べれば、対面しての交尾には「見る」と「見られる」の、まったく新たで重要な条件が加わります。関係が見るものと見られるものからはじまるのは理解し易いでしょう。彼らは、対面交尾へ移行することによって見るものと見られるものの認識関係をつくりだしました。対面交尾は、相手を見ることによって、快感で表れる互いの微妙な表情の変化やしぐさが相手に伝わりやすくなります。つまり「相手の快感が自分の身体によってひきおこされている」ということに気づきやすくなります。

彼らは自己の身体によって自分という意識をもっています。自分の身体が相手の身体に触れることで何らかの影響が与えられると知っていればこそ、引っかいたり毛づくろいをするのです。細い木の枝を使って蟻釣りをしたり、石で木の実を割ったりできるのもその認識の延長です。したがって対面交尾でも自分の性器と相手の性器が関係して、相手が自分の性器で快感を感じていることが理解できれば、自分によって相手が快感を感じていると分かることになります。

その快感はただの快感ではありません。あらゆる快感のなかで一番強い交尾の快感です。雌ザルは相手の感じている快感を、自分が感じている快感と同じものだと知ったのです。それほどの快感を自分が相手に与えているということを知れば、雌ザルのなかに今までとちがった喜びの「情」

ともいえるものが表れたのでしょう。相手に心地よさや快感を与えているという意識の強まった感情です。その情が交尾の快感と結びついて、自分のなかにより良い心地よさや快感を出現されて高めます。こうして、雌ザルは自らのなかに微妙な「心的な快感」をともなわせて、交尾の快感が拡大する径路をつくりだします。

このことから快感が高まって、その反応が震れや硬直となって雌ザルの身体に表れると、今度は雄ザルがその反応に好奇心をいだきました。やがて雄ザルも雌ザルが知ったような経過でその意味を理解するようになります。こうして、互いの目を見つめ合いながら相手の快感を意識しつつ、彼らは交尾をするようになりました。

そういえば、しだいに彼ら雄ザルと雌ザルの眼がうるんでいくように感じ取れます。あっ！雄ザルの身体が硬直して震えています。きっと射精したのでしょう。雌ザルも身体が硬直していますから、雌ザルも強い快感を感じているのです。彼らが感じる交尾の快感は、たぶん射精する雄の方が強く、雌の快感はそれより少し低いでしょう。（これは現在の私たちが初めてセックスしたときに感じる、男と女の肉体的な快感の違いから想像しています。）だから、彼らの快感の反応の表れ方も筋肉の硬直や震えなどから来るしぐさが雌より雄の方が大きかったと思います。

3　好ましさと歓び

高められた交尾の快感は相手に対する互いのしぐさや行為に、より一層のやさしさをもたらします。不快感は荒々しい態度になりますが、快感はやさしさにつながるからです。対面交尾によって、互いに相手の快感とやさしさを感じ取れる彼らの気持ちのなかに、快感とやさしさが「好ましさ」の感情を少しずつつくりだし強めていくのは自然なことでした。この好ましさの感情は交尾の快感をも強めていきました。

やがて好ましさは、交尾の快感によって彼らのなかに「歓び」の感情をつくりだしていきました。この好ましさや歓びの感情はいままでの心的な快感がより豊かに高められた快感ですから、彼らの交尾の快感は大きな心的な豊かさをもった快感となりました。その豊かさをふくんだ強い快感は互いの関係を特別な関係にしていきます。身体に豊かな心的快感をともなわせたサルどうしは、その相手だけを強く意識して結びつく一雄一雌のカップルとなっていったのです。

以前のサルたちのような一雄一雌、単雄複雌、複雄複雌の関係から訣別して、新たな心的快感で結びつき、その快感で互いに影響しあいながら、相手である「アナタ」だけを好ましさと歓びで意識するサルたちとなったのです。

4　直立二足歩行の出現

好ましさや歓びをともなわせて豊かな快感をつくりだした彼らの交尾期はしだいに長期化していくことになりました。歓びからアナタを意識すれば、それを求める「欲求」が表れます。その欲求が快感と結びついて強まれば、それによって雌ザルが発情期を長期化させるのは自然なことです。こうして、長期化した交尾期間によってアナタを求めるサルたちは豊かな快感を日常的に感じられるようになりました。それは交尾の快感だけではありません。いつもカップルで一緒に行動するようなサルたちにさせていったのです。

日常に感じる歓びでますます豊かになる交尾の快感は、彼らの交尾形態に変化をもたらしていきます。対面して交尾するといっても、いままでは腰部だけの接触でした。しかし豊かな快感や歓びを感じている彼らは、アナタとのより豊かな快感と歓びを求めて腰部だけの接触から腹部を、腹部から胸部を接触させて交尾をしようとしていったのです。好ましさは相手であるアナタの身体と自分の身体の全体を直に接触させて交尾することで、快感と歓びを大きくしようとさせたからです。

そのような互いの欲求が長期化した交尾期間のなかで日常的に働けば「欲求は能力をつくりだした」のでしょう。自然に相手の腹部や胸部と自分の腹部や胸部を接触させて交尾をしようとすれば、どうしても足を伸ばさなければなりませんし、大きく広げる必要も出てきます。そうすることでアナタの身体とより広範に密接した交尾が実現しやすくなります。そこには、特別な相手を強く求めるはっきりとした意識があるのです。

その意識によって彼らの交尾は何十万年、百万年という単位の時空のなかで、ヒトの正常位の体位へと向かいはじめます。対面交尾がヒトの正常位に近づいて行くにしたがって、彼らの骨格もヒトの骨格に近づいていきます。その骨格の変化は交尾のための変化ですから、当然に腰部の骨格の変化が集中的に大規模におこっていきました。交尾のための腰部の骨格の変化は、彼らに四足での歩行から二足での歩行を要請し必要とさせて促したのです。

「見る」「見られる」対面交尾から百万年、二百万年の時間をかけて、交尾の豊かな快感と歓びを求めて「好ましさ」から特別な「アナタ」を意識しながら、あの最初に密林で遇ったサルたちの子孫が、ここに直立二足歩行をする猿人となって誕生しました。

5　快感物質

現在の人間は、脳のなかに快感や不快感をつくりだす物質があって、その物質の働きによって快感や不快感が起きたり、静まったり、あるいは痛みや苦しみが起きたり、抑えられたりしていることを知っています。それらの物質はアドレナリン、ノルアドレナリン、ドーパミンなどと呼ばれていて脳内にはまだ多数のいろいろな快感や不快感物質があることも科学的に証明されてい

ます。（大木幸介氏の『脳から心を読む』講談社）

直立二足歩を必要とさせた腰部の骨格の変化は、彼らが交尾の豊かな快感と特別なアナタを欲求した結果でした。それは交尾の快感や歓びで欲求が充たされるということが繰り返される、欲求と快感の循環でした。快感や歓びは脳のなかで意識され感覚されるのですから欲求が歓びをつくりだせば、その歓びや快感は脳を刺激することになるでしょう。交尾をつうじた歓びと快感でヒトへと新化しつつあるサルたちの身体は、腰部の骨格の大変化と同時進行で、頭部にも大きな変化をもたらしていたのです。

性の肉体的な快感と心的な歓びが共鳴されて強い快感になるにしたがって、快感と快感への欲求の循環が、脳のなかでそれまでとはまったくちがった質と量の快感物質ドーパミンをつくりだすことになりました。

脳のなかで感性、知性、行動をつかさどる各分野が性の欲求と快感に刺激されて、外部世界の特別なアナタとの関係で得られる情報を、感覚器官をつうじて脳内の記憶中枢である海馬に運びます。そこで整理された情報が性中枢でもある視床下部で、ドーパミンという快感物質に変換され、その快感物質が快感神経を通って大脳に運ばれて、強い快感の刺激をおこしたのだと思います。こうして感じられた快感が情性（感情）となって表れたのです。脳内の感覚、知性、感情をつかさどるすべての分野が、性の欲求を充たすために快感物質ドーパミンの強い働きによって発達させられることになりました。

快感の高まりと脳の各分野の高まりという循環がつくりだされ、それによってしだいに脳自体が発達し、その容量が大きくなり、頭蓋骨もその容積を拡大していくことになりました。ここでも命の本質にある快感への「欲求」は、それを充たすための「能力」をつくりだすことになったのです。

6 家族の成立

猿人たちには豊かな性交の快感で結びついた特別な貴方がいます。貴方を意識することによって性交の快感は豊かになり、好ましさと歓びが大きく感じられていきました。その好ましさと歓びの感情はふたり一緒にいるときにはいつも感じていられる歓びです。食べるときも、遊ぶときも、寝るときも、一緒にいるかぎり常に貴方を好きになり歓びとなっている「心」があるのです。そして、その心は好きという感情で貴方に抱かれて快感となり、より一層強い歓びとなって豊かな心となっていきました。

やがて、猿人たちは自分のなかにある好きという歓びの心を意識していきます。性交の快感と貴方を慕う感情で自分のなかに表れる「歓びの心」を「私」だとはっきり認識するようになったのです。単なる肉体的な交尾の快感は身体の自分だけしか認識させませんが、貴方を意識した交尾の快感の強まりは快感への欲求を強め、貴方によって心情的な歓びをつくりだし、その歓びの豊饒さが身体の私ではなく、心としての歓びを形成していったのです。

その「歓びの私」は貴方なしには絶対に現れることのできない私です。

この猿人たちには当然に子供が生まれます。両親の関係が歓びの心である貴方と私で結びついていれば、彼らの子育ては本能だけで行われなくなるでしょう。私と貴方を意識し、認識しあって強い歓びとしているのですから、そのふたりの間に子供が生まれれば、本能的で肉体的な種族保存の意識と、本能的で心情的な好きと歓びの感情が一体となった「母性愛」と「父性愛」が自然に表れたと思います。やがて、その母性と父性の愛情で子供たちが育てられれば、その子供たちのなかにも容易に歓びの感情が育まれることになったでしょう。そして、その歓びの心情は子供のなかに歓びの私という認識を育み、発達させていくことにもなりました。こうして、両親と子供たちのすべてが、それぞれに私を自覚し貴方を認識して強い愛情で結ばれる家族が形成されて出現しました。

７　恋の情念

両親と子供の関係は母性愛と父性愛で結ばれていますから、その愛情で育てられた歓びの子供は成長していくにしたがって、その歓びの心を異性に対しての強い好きという感情へ自然に昇華

（変質）させていくようになります。そして、快交の快感から好きと歓びの感情を発展させていきました。親と子の愛情が若者たちの異性への好きという感情を豊かにさせていくという歓びの循環が、何代も何代も数限りなく繰り返されていくうちに、だんだんと猿人の若者たちの好きという歓びの感情は高揚され、やがて「恋」という歓びの情念へと高められていくことになります。

恋の情念は若者たちに強い歓びの感情をもたらしました。その感情を体験する前と後では、周囲の景色さえその印象を一変し、出来事の一つひとつの感じ方がまったく異なって、すべてが自分にやさしく接しているように感じられたのです。両親の愛の世界から、独立した恋の世界を他者である貴方によって誕生させたからです。若者たちは恋の情念を体験することによって、両親の睦まじさと歓びを感得すると同時に、自分たちへそそがれた両親のやさしさの源に気づいたのでした。

若者たちが恋で結びつくことになれば、双方の両親は自分たちの息子や娘のそれに容易に気づきました。若者たちの恋を介して、双方の親たちが子供たちに対していだいていた愛情どうしで結びついて、親と親との間に友愛意識をつくりだすことになりました。そうした家族どうしの集まりが猿人の集団をつくりだしていったのです。

オトコとオンナの若者たちは互いの歓びを感じ、互いの存在を求め合いながら生きています。肌と肌の触れ合いによって相手を実感しようとすることが、猿人たちの身体の皮膚から体毛を薄くしていきました。体毛が薄くなるにしたがって虫にさされず、とがった小枝で身を傷つけることがない場所へと棲息場所を移していくことになります。ジャングルから林へ、林からサバンナへと彼らは集団で移動していきます。直立二足歩行をして家族どうしが友愛で結ばれる猿人たちは、まったく自由になった手を使って、木や石を加工することを覚え、道具として使いはじめました。（この木の道具説は梅原猛氏が述べています。）また、サバンナと森の両方で小さな動物の狩猟や木の実、芋類の採集をそれぞれが思い思いに行いながら暮らしていたのです。（このことは河合雅雄氏の本に書かれています。）

8　誕生した言葉

猿人の若者たちの貴方に対する恋心はしだいに高まっていきます。恋心が高まっていくのは「歓びである心」の「私」が大きくなっていくことでした。彼らはその大きくなっていく恋の歓びである私を貴方に伝えようとするのですが、表情やしぐさ、声や行為でその歓びを伝えきれなくなっていきます。心のなかの抑えきれない歓びがそれらのものでは伝えられなくて、せつなく、やるせなく、もどかしい気持ちが強められながら、思慕の情念と性交の快感はしだいに大きな声で表されていくようになっていきました。せつなく、やるせない情念と性交の強い快感が共鳴して、歓びともつかず、怒りともつかない叫び声が若い二人の猿人から絶叫されました。夜ともなく昼となくうっそうとしたジャングルのなかに、まばらな林のなかに、そしてサバンナに彼らの絶叫がこだまして響きます。そこに棲む他の動物たちは、その叫び声に驚き、恐れて、不安げに周囲を見回していました。その叫び声にもかかわらず若者たちの思慕と快感から表れる歓びの私の質量は、そのありのままを貴方に伝えきれません。歓びの私の質量は彼らの心につぎつぎと表れては、拡大し、蓄積し、膨脹し、充満していきます。若者たちの恋の情念である歓びの私の質量は二人の身体のなかで臨界点を迎えていました。

そしてある日その臨界点が破られます。オトコとオンナの恋の情念である歓びの私の質量が極限まで高まり、歓びの心であるオトコの私と歓びの心であるオンナの私が交響して歓喜となり、それが爆したところから「言葉」が発せられました。オトコの歓びの私を意味にして発せられた声がオンナに「歓びの意味」として伝わったのです。そして、すかさずオンナからオトコへ同じように歓びの私である意味が声で投げ返されました。その、歓びの私を意味として伝えた声、いや、言葉は何だったのでしょう。この地球上で最初に意味をこめてオトコの猿人とオンナの猿人から発せられた言葉は「私は好きだ」「私は恋している」「私は嬉しい」という私の歓喜の意味として表し伝えた言葉だったことでしょう。

ここに猿人の貴方と私が、歓喜の心となった私を言葉で表す「男」と「女」の原人となって誕生しました。地球上にまったく新たな生き物である「性の歓喜を言葉にする人類」が出現したのです。

貴方に向かって、好きだ、恋してる、嬉しい、という歓びを言葉で発現することでより強い歓喜の私が出現されることになったのです。

その歓喜によって原人の男と女の目はうるみ、言葉とともに熱い涙が堰をきったように流れだしました。歓喜は言葉となり、言葉は歓喜の意味となり、歓びは涙となって溢れて止まりません。貴方と私は、男と女は「歓喜の意味世界」を「言葉」によって出現させたのです。貴方の世界と私の世界の意味（内容）は喜びであり、その歓びの世界は言葉で意味として表され、再び男と女の性が表す恋の情念に回帰していくことになったのです。その情念は、貴方の眼と私の眼で歓びの涙となって熱く映しだされました。

その時から、原人たちのせつなさとも怒りともつかない異様な叫び声は密林やサバンナから消えていきました。恋の情念とその歓びは、言葉の発現によってささやきとなっていったのです。やさしい愛撫とやさしい言葉が、男と女の意味世界の表現になったからです。ささやきの恋の言葉はやさしさゆえに、一層、歓びを高め、あるいは拡大していきました。私と貴方の心の扉が開かれ、その歓びの意味世界が言葉によって眼の前にありありと表現されて展開されたのです。

男と女は言葉と行為によって自己のなかの歓びという意味世界を表し、高めることができるようになりました。そして永い時空の経過とともに、その世界はなおも広がろうとして知性と結びつくことになります。人類は歓びの言葉をつくりだし、その言葉は知性を刺激しました。歓びの意味世界は男と女が抱き合うときだけに言葉で表されたのではありません。日常の生活の食事をすることや、毛皮の衣類や道具をつくることなどのすべての行為に、男と女は歓びの言葉にやさしさをともなわせて、生活全般を性の歓びそのものとしたのです。

9　原人たちのくらし

原人たちはサバンナの岩穴や洞窟に住みます。あるいは岩陰に簡単な遮蔽物を設けて、加工した道具を使って家族どうしの集団で暮らしていました。頭脳の発達にともない言葉も増え、知性も大きく進展していきました。男と女の意味世界は、互いの歓びを求めて生活全般の豊かさを実現するために、徐々にではありましたが自らのなかの知性を活用していったのです。もちろん、彼らの意味世界は恋の情念だけで十分な生の歓びを表していたのですから、知性はそれほど必要とはされませんでした。知性が伸びるといっても、それは五十万年、百万年？　という時空で起きたことです。

また、彼らに生の終わりという現象は意識されていました。ですが、その生の終わりは自然な歓びのなかでの充たされた命の終わりですから、それは特別な感慨をもって意識されず、したがって、その現象に悲しみや恐れという不快を感じることはありませんでした。貴方の生が終われば、それは私の生の終わるときでした。貴方のいない私はありえないのです。新たな異性を探すなどということは起こりません。異性のいない性はあり命は性であり、恋は生であり、貴方は私なのですから、男の終わりは女の終わりであり、女の終わりは男の終わりとなります。新たな恋は新たな命でつくりだされるもの、ひとつの恋はひとつの生だと認識されていたのです。片方の男や女が動かなくなればもう片方の男や女も決してそのもとを動きません。新しい貴方を新たに探すことなく、終わった貴方の生と性を追って私もまた時空を超えて終わろうとするのです。生の終わりは歓喜のなかで再び貴方と共に私が生きるということでした。

自然環境も、無機物や有機物を植物が摂取し、植物を動物が食べ、草食動物を肉食動物が食べ、肉食動物の死骸を微生物が分解するというような、寄生連鎖、捕食連鎖、腐生連鎖から成り立つ食物連鎖の循環が豊かに広がっていました。そのような自然のなかに棲息する動物は必要以上の危険は決して冒しません。トラやライオン、ヒョウや狼のような肉食動物も食物が豊富であればおとなしい動物たちなのです。彼らは、食欲が充たされているときには目の前をウサギが通ろうと襲いはしませんでした。原始的ではあっても、木の道具や石の道具などを集団で使用しながら生活する原人たちを襲うことは例外的なことです。彼らにすれば大きな抵抗力をもつ原人を襲うよりは他の抵抗の少ない動物を食べることのほうがずっと安全で容易なことだったからです。すでに原人たちは他の動物と比べれば格段に高い知性を発揮して豊かな生活をしていました。アフリカが人類の発生地でしたから、寒気が襲ってきても木の実や植物性の食物がまったくなくなってしまうことはありませんでした。食料は潤沢で調達も簡単だったのです。大事なことは、貴方と私が恋で歓びの世界を築きながら、いかに子供たちを楽しませて育てるか、家族どうしが平和に暮らすかということに生のすべてがありました。

こうした、歓びだけで言葉が話されて聞かれ、歓喜で涙が流される原人たちの世界では、男と女の恋の情念が何よりも大切で優先されなければならないことだと、明確に意識されていました。それゆえの歓びであり、楽しみであり、平和であり、一生であると心に刻まれていたのです。性を表す男と女の身体が快感となり、その快感が恋の歓びという心となり、その心が歓喜となって言葉をつくりだしていました。

（太古のサルの世界へ私と言葉の起源を求めてきました。私が一番に強調したいことは現在の私たちは原人のように私が先にあって、その歓びで言葉をつくりだしながら生きているのではなく、まったく反対に言葉で私を形成し、言葉で喜びをつくりだしながら生きているということです。そのことが現実の苦の世界が形成されるすべての根源となっているからです。最初に歓びがつくられなければ言葉（世界）が意味（歓び）だけで表れることはできません。そして、最初に歓びをつくりだせるのは唯一、性だけです。今の人間は性ではなく最初に言葉で、私を、喜びを、つくりだしているために意味（命）を価値づけなければ喜び（意味）とできないのでしょう。）

この男と女の恋の歓びを意味世界とする原人の時代は永遠につづくかと思われました。

人間の出現

1　論理でつくられる悦び

原人たちの私の知性は貴方の歓びのために必要とされ発達しました。男たちが道具をつくりだすことも、狩りをすることも、女の食を充たして歓びにするための手段でした。狩りで得られた肉を焼いて食べさせようとする行為も、美味しくさせて貴方の歓びにしようとするためだったのです。私の歓びの世界を言葉と行為で貴方に表し、貴方の歓びの世界が言葉と行為で私に表されて、男と女の意味世界は融合し交響して一つの完結した絶対な歓喜の世界となっていました。

しかし、男は少しずつ狩りに「悦び」（ここから悦びと歓びという二つの言葉が使われていきます。この悦びと、歓びは性質のまったくちがうヨロコビとして使い分けて表します。悦び、喜びは言葉でつくりだして「覚える」ヨロコビであり、歓びはヒトが性と恋で表して「感じる」ヨロコビです。歓びはサルがヒトへと新化していく原因となったものです。）を感じるようになっていきます。狩りでの失敗や成功の経験のつみかさねから、食料や毛皮を確保するための知識や、道具をつくる技術が発達していきました。石を砕いてより使いやすい石器をつくったり、加工された木の棒を使い、またはそれらを組み合わせて簡単な斧や槍のようなものがつくりだされていきました。その道具を使って、今までのウサギなどの小動物とはちがった。牛や馬などの中型の動物が狩りの獲物にされていったのです。

狩りでの悦びは、獲物を見つけたときから覚える、それを獲物にできるか、逃げられるかという緊張感からはじまりました。気づかれないように静かに、静かにそおーっと獲物に近づきます。獲物に近づくにつれて緊張感は強まって張りつめます。獲物を倒せるか、逃げられてしまうかという緊張感のなかには、怪我をすることで感じる苦痛という不快感を避けようとする意識もありました。それらの期待と不安が交錯し、獲物に近づくにしたがってその緊張感はいやがうえにも高まっていきます。心臓の鼓動がドキドキと高鳴り、血液がもの凄い速さで体内をかけめぐっているのを感覚する一方で、冷静に行動しようとする意識がはたらきます。ついに間合いをはかって一挙に攻撃する時がやってきます。攻撃するときから獲物を倒すまではもう無我夢中です。この状態のとき、男の緊張感は最高潮に達します。やがて獲物が倒れて動かなくなると、いままでの張りつめていた緊張感が達成感によって一挙に解放され、精神と身体に全面的な解放感が湧きだして広がり、それが大きな悦びとなって感覚されていきます。

性の歓びは、身体と身体の感触で感じる心地よい刺激が心情的な好ましさという感情をつくりだし、その好ましさの感情が男と女の間に強まって恋へと発達したものでした。その快感は性の異なりから表れる、最初から心地よさという肉体をゆるませ、心をのびやかにさせる快感物質ドーパミンによる刺激です。そして、それは言葉以前にあるものであり、常に同じ相手によって、いつの時点でも心地よい刺激がおこり、間隔をおかないで密接して感じられる現在進行形の絶対な快感です。

一方、悦びは言葉で論理的に考えてつくりだされます。自然な身体の状態が、狩りの獲物に近づくにしたがって緊張や興奮となって心理的に緊縛されます。そして張りつめていた緊張感や興奮が目的（危機）の達成（解消）によって一挙に解放されて、その達成感や解放感が悦びとして覚えられるものです。つまり、悦びという快感（達成）は不快感（失敗）を対象して感じられる緊張感や興奮を達成感で解放感という肉体と心の弛緩に変えたものであり、それは常に対象を変えながら、それとの間に間隔をとって論理的に覚えられる瞬間的な快感です。したがって、その対象とは必ず距離や間隔をとらねばなりません。距離や間隔がなければ対象目的に論理性を発揮できず、目的を悦びにすることができないからです。

悦びは不快感を対象として、それを回避することで覚えるものですから、初めから悦びとして感じられるものではありません。悦ぶためには必ず危機という不快感を対象としてそれを回避する、いや、回避するというよりは、獲物のなかで、成功という快感と失敗という不快感が一体となっている論理目的のなかから成功だけを得るのです。ですから、得るというよりは、取り出すといったほうがいいでしょう。獲物を逃がすことなく、怪我することなく倒せたのは、目的から悦びの快感を取り出せたことですが、それは言葉で論理的に手段を考えなければ実現できないことなのです。そして、その快感は緊張や興奮を引きおこす物質ノルアドレナリンやアドレナリンの大量分泌によってつくられると思います。

獲物にした肉を仲間たちと共にかつぎ、あるいは背負って話しながら家路につきます。家につくと女たちや子供たち、老人たちが悦びの声をあげて出迎えます。男たちが身体についた獲物の血を近くの小川で子供たちと遊びながら洗い流している間に、女たちは獲物の切りわけられた肉を、火であぶりながら料理しています。やがて、夕闇のせまるころ、あちこちの洞窟や岩陰につくった住まいから、火の灯とともに男たちの話し声がもれてきます。男たちが今日の狩りでの出来事を女たちや子供たちに話しているのです。焼き上がった美味しい肉をほおばりながら、男の子たちは父親や兄たちの勇壮な話に目を輝かせて聞き入っています。老人も若かったころの狩りを思い出しながら男たちの話に加わっています。女たちも男たちが怪我一つせずに帰ってきたのを歓びながら、今日一日の出来事を男たちに話すのでした。外では月明かりが冴え、かなたの山々の森が黒ぐろと広がっています。どこかで狼の遠吠えが聞こえています。

2　死の起源

恋心から貴方の歓びのために私のなかの知性を発達させていった彼らは、狩りのなかからより大きな動物を倒して悦びを感じていきました。最初のころは自分たちよりも大きな動物は狩りの対象にしなかったのです。本能的な不快感が先に立って、そのようなことなど考えられもしなかったからです。ですから狩りや生活でも強大な動物たちとはできるだけ接触せず、避けて暮らしていました。

しかし、言葉の数が多くなるにしたがって、ものごとを構造的に考えられるようになっていきます。道具や武器の効果を言葉で想像して予見できるようになります。やがて、予想した効果と狩りでの結果が比較されることになり、試行錯誤を繰り返しながら武器が発達していきました。そのことによって彼らはしだいに自分たちの言葉の論理性の威力（悦びをつくりだす力）を認識していきます。狩りのなかで、怪我や危険を少なくしながら倒せる動物がだんだんと大きくなっていくにしたがって、彼らの論理的精神のなかに自分たちの能力への自信が生まれるようになっていきました。そして、ついにマンモスのように巨大な動物さえ獲物とするようになりました。

マンモスの狩りは、それぞれが斧や槍といった武器を使いながら集団でマンモスを追い立て、大きな自然の穴に落としたところで襲いかかるやり方でした。マンモスも必死に抵抗します。ときには思いがけずに手負いのマンモスが逆襲してくることもありました。その牙に突かれたり、長く太い鼻に殴り飛ばされる原人たちが何人もでました。それでも彼らは怯まず、攻撃の手を止めません。マンモスを落とした穴から脱出させたら一大事です。想像もできない損害を被ることになります、穴のなかでマンモスの唸り声と岩の崩れ飛ぶ音がぶつかりあい、土煙がまきあがり、血潮が飛び散って、残酷な狩りを一層凄惨なものにしています。どのくらいの時間が経ったでしょうか。ようやくマンモスが動かなくなりました。穴のなかはおびただしい血と崩れ落ちた岩で、マンモスの横たわった体が半分ほど埋まっています。虚脱したような原人たちが穴のまわりで上から獲物を覗き込んでいます。やがて、マンモスを倒した悦びの声が響きわたりました。大きな恐怖と興奮と緊張感に耐えて強大な獲物を倒したことの、強烈な躍り上がるような悦びを覚えているのです。

漆黒の闇のなかに、ひときわ大きなかがり火が焚かれています。

火のまわりには部族の男や女たちが腰をおろしてひそひそと話しあっており、火にはあのマンモスの肉が切り取られてあぶられています。その人の輪の切れたところに、狩りの犠牲となった男たちの遺体と獲物の肉があります。遺体の周りには家族と思われる人達が呆然とすわりこんでいます。

部族の男たちは遺体に向かって、獲物の肉を彼の家族に分配するところを見せようとしているかのようです。

獲物を生きて獲得し悦びとすることができなかった遺体に対して、獲物を獲得して悦びにできた生者たちは強い悲しみを覚えているようです。その遺体は、獲物との戦いのなかで突然な命の破壊に襲われた者です。獲物を得ようとしている途中の緊張と興奮のなかで、目的を遂げられずに強烈な苦痛にさらされたまま倒れていった「死者」なのです。そのようにして命を破壊されるという「死」の認識が、生者の心に強い恐怖や嫌悪という不快感を起こさせないはずはありませんでした。

以前はその不快感もそんなに強く意識されなかったのですが、長い時間の経過のなかでは経験をつうじて確実に強く、大きくなってきた不快感でした。それも、命の突然の破壊がつくりだす家族、血族、部族への大きな影響が理解されるようになるにしたがって、その家族の不快感は、同感され、悲しみが同情されて惜しみや悼みの考えもはっきりと認識されるようになっていったのです。

獲物の肉を分配し終わると、女たちは遺体と死者の家族を抱きかかえるようにして住まいに戻っていきます。広場には男たちだけが残りました。

大きなかがり火がはじけるような音をたてて燃え盛っています。突然な命の破壊という仲間の死をもたらした狩りの悲しみや恐怖を話す場は、少しずつ男たちの声を高めさせていきます。昼間の狩りの様子を振り返って話しているうちに興奮してきているのです。そして、焚き火を囲んで獲物の肉をあぶりながらの、共通の体験であった鮮烈な死者を出した激しく凄惨な狩りの話題は、男たちの興奮をしだいに高めていきます。あの強大な獲物を死や怪我の危機を乗り越えて倒したときの刺激的な達成感や解放感が、強い悦びの感覚となってよみがえってきているのです。死に対照された生ほど、ドキドキした激しい悦びを実感させるものはありません。原人たちは「死の恐怖」に対照されて表れる「生き残った悦び」という、言葉で認識する刺激的な「価値の悦び」をつくりだして覚えました。

語り、食べていただけの祝宴は、話のなかに手や足の動きが入りはじめ、それがだんだんと大きくなっていき、なかには立ち上がって狩りの状況を身振り手振りで再現するかのような男たちも現れはじめています。そのような男たちの振る舞いをあおるかのごとく、周りの男たちから掛け声と手が打ち鳴らされています。見ているだけでは我慢できずに何人もの男たちがその振る舞いに加わり、手を突き上げ、足を踏みならして、唸るような、哄笑のような、また怒声のような、叫びのような言葉をあげて、まるで踊ってでもいるかのように人の輪ができています。

死に対照されて一層あざやかによみがえる生き残った者、目的を達成した者のスリリングな悦びを見出して興奮を抑えられなくなったのです。

手拍子が一段と激しくなり、木と木を打ち鳴らし、石と石を打ち合わせ、あるいは擦り合わせて出す不気味な音の響きが広がり、広場の興奮は熱っぽくなり、やがて、広場に溢れる興奮と怪しげな雰囲気に吸い込まれるように、つぎつぎと男たちが踊りの輪のなかに入っていきます。彼らの叫び声や唸り声と手をたたき足を踏み鳴らす音に、木や石を打ち鳴らす音が溶け合って、律動となり、リズムとなり、おどろおどろしい音調、音階となって興奮を渦巻かせながら祝宴は興奮を狂気へと高めていきます。狂ったように、憑かれたように踊りつづける男たちの顔と身体を、燃え盛るかがり火が真っ赤に照らしだして、広場の熱い興奮は狂気に満ちた饗宴になっていきます。

輪の外には、伸びて動きまわる彼らの影が火の明かりに黒々と映し出されています。闇のなかに浮き上がる赤と黒の人と影が、物の怪の宴のようにいつ果てるともなくつづいていました。

3　価値観の発達

男女の性の異なりは異なり自体が命の意味である歓びとなるのですから、その性の異なりが歓びとなっているとき二人は男と女を、貴方と私を超越して、二性で一つの完全な意味世界、二命で一つの歓喜世界となれました。そしてその世界は、二性の異なった形相を嵌《は》め合わせることで初めて完全と絶対な実存性を獲得できたのです。

言葉の論理的な発達はやがて、男女の性の異なりを恋の情念で歓びの意味世界にして表すのではなく、思考で私と貴方の命を論理の悦びにして表し、二つの性の間に距離をとり、それぞれがその距離を理性で埋めて独自の精神世界を表すようにさせていくことになりました。

二人の男と女が独立した論理で構築された私と貴方の世界になり、両性が別々の不完全な価値世界となり、二命が別々の相対世界となっていきます。

男たちの感じる意味世界の重心が、女との恋で感じる性の歓びから、強力な動物を失敗や死の危険を回避しながら倒すことで覚えるドキドキする論理の悦びに移っていきました。彼らの覚えた死に対照された勝者の悦びは、それほど刺激が大きく鮮烈なものだったのです。今までの自然の生命循環のなかに溶け込んで暮らしてきた、原人たちの性の歓びという平穏な生き方が、言葉で考えてつくりだす悦びに、失敗や危険のなかから成功や達成を取り出して覚える、理性で興奮する価値の悦びをめざす生き方に変わっていきます。

狩りで得ようとする悦びは、ドキドキする刺激的な緊張や興奮が一挙に解放されたときに覚えるものです。その緊張や興奮は、めざす獲物のなかに成功という大きな悦びと失敗や死という悲しみが一緒になってはらまれていることを、思考できればこそ起こる心理と生理の現象です。目的の達成が何の犠牲もなく安全確実に達せられるのであれば、ドキドキする緊張や興奮は起こりません。そもそも、そのようなものは悦びとはならないのですから、わざわざ目的とはされないのです。

目的のなかにある論理的に予見される快感と不快感のうちから快感だけを取り出すには、同じく取り出す方法を論理的に考えなければなりません。いままで経験した記憶のなかからいろいろな方法を見出し、比較し判断して一番よいと思われる方法を決定し、それを手段にして行動することが不可欠になります。その結果、失敗すれば獲物を逃がしたり、怪我をして苦痛や不快感を感じ、最悪の場合は死ぬことになりますが、代わりに成功すれば強烈な達成感と解放感の悦びを覚えます。こうして目的のなかに混然としてある成功と失敗のうちの、失敗という不快を避けて成功という快感だけを取り出すための考え方「価値観」が失敗と成功を繰り返す経験のなかで磨かれていきました。

言葉で論理的に覚える緊張と興奮のドキドキする悦びが狩りへの欲求をうながし、狩りの経験は、武器の鋭さや大きさ、重さや長さなどの対比を通じて表れてくる優劣の知識を発達させ、要、不要が認識され、より一層、武器や道具を工夫させることになっていきました。その知識が生活全般に結実していきます。それが生活の喜びや狩猟の悦びを高めるという、悦びと知識の発達循環が言葉の世界のなかに現れたのです。失敗を避けて成功という悦びを取り出すために言葉の発達に弾みがつき、論理的に道具をつくることの愉しみが生まれ、その道具でより大きな危険を回避してより大きな悦びを取り出します。男の意味世界が、悲しみと悦びが混在する目的に意図的、積極的に近づいて、そのなかから合理的な手段で成功だけを取り出してつくられる悦びの世界に換えられることになったのです。ここに「目的（悦びと悲しみ）」から「手段（考える方法）」で「価値づけられた意味（悦び）」を取り出して生きる、言葉の論理性がつくりだす価値の悦びの世界に囚われた旧人が現れました。

しかし、価値の悦びは物事と物事を対比、比較して表れる「差異」を価値観で判断して初めて快感にできるものです。その快感は物事と物事の「間」に言語で表されるものですから、論理のイメージ（幻像）としては感じられても、形体を持てず実体を現すことができません。

実体の無い快感が悦びという意味になるには、差異を価値で表すことになります。つまり、物事と物事の差異を論理で関係させて強弱や優劣という価値のイメージをつくりだし、そのイメージを論理で快感と不快感に認識し、そのなかから悦びだけを取り出して悦びとするのです。命の本性は歓びですから、歓びが悦びで生きることになれば、その命は「間」にある差異であり、論理だけのイメージであることになって、それで表される生は実体のない「幻像の生」となります。

4　悦びと悲しみの孤独の生

これ以後、旧人である彼らは狩りで死んだ者たちを埋葬するようになっていきました。死者に対する悲しみや悼《いた》みが生者に残り、その思いが無念観や残念観となって強くなっていったために、その辛い思いを遺体を埋葬して保守し、それを追憶することで鎮めようとしたのです。やがて遺体の埋葬は狩りで倒れた者だけでなく、すべての死者に対して行われるようになりました。（現在から十二万年前の旧人であるネアンデルタール人の遺体が千九百七年にフランスで発掘され、それが埋葬されたものだということが解かりました。)

旧人の男たちは価値の悦びを求めて生きるようになりました。それは男の悦びが女の歓びになるのではなく、男のためだけの悦びになったということでした。男が自分のために悦ぼうとした時、それは女の歓びでなくなります。たとえ結果的に狩りの獲物が女の食料になったとしても、女の歓びを対象として行われない狩りの結果は、女の悦びになっても、恋の歓びとならないのは明らかなことでした。論理的に悦ぶのはすべての行為が思考にもとづいて行われるということですから、男と悦びの関係に身体と情念で表れる性の歓びは関係されません。論理でつくられる男の価値（悦び）の世界から、女との恋の情念で感じられる歓びが疎外されていきます。したがって、疎外された女もまた、自己の悦びを論理的に覚えるようになっていきました。このことは、男と女が自らの性でつくりだした言葉の論理性に囚われたために、その性が言葉に呪縛されて引き離されていくことを宿命にしたのです。

男は容易に狩りで大きな悦びを覚えることができました。しかし、女はそのような刺激的な悦びを本能的に好みません。いや、好めなかったのです。女たちは身体のなかに命を育む本性をもっているために、本能的に失敗や危険を嫌悪したからです。男が刺激的な悦びを求めて生きるのに対して、女は恋の情念の歓びに生きようとしました。でも、女だけでは恋の歓びも高めることができなかったのです。女たちは仕方なく子供の成長に、暮らしの豊かさのなかに目的を定めてささやかな悦びを感じようとしていきました。

男が言葉によって自分だけの悦びに生きることになれば、ヒトがその生の本質で歓びを欲求しなければ生きていけない以上、女も言葉によって自分だけの悦びに生きることになるのは必然のなりゆきとなります。やがて、すべての男と女が、私の悦びを悦びとするのは私だけという、論理がつくりだす悦びの世界で孤立した個々人、孤独の人間たちになりました。

5　欲望の出現

男女がそれぞれ孤立した個々人、孤独の人間として悦びの世界に呪縛されて生きることになれば、命であり、性であり、恋である歓びの男と女の絶対な世界は誰にも感じられず、証明できなくなります。

本来、男女としてのヒトの世界は、恋の情念と恋の行為という心と身体で感じられた歓びが交歓、交響して歓喜に高まった結果、その歓喜が言葉として表れたものでした。したがって、その言葉が表現するものは、常に性を表し、身体を表し、恋を表している、ありありとした絶対な歓喜の世界だったのです。

しかし、ドキドキする悦びの世界は絶対な世界になることができません。なぜなら、それはすべて論理だけで構築されている思考の世界だからです。そこでいかに刺激的な悦びをつくりだして生きようとも、その生にいかに確固として論理的な証明ができようとも、その生は間隔のなかの、差異であり、論理であり、イメージなのですから、対比で表れる相対な価値の悦びは表せても絶対な性の歓びは表せません。性が表せなければ男と女は現れず、当然に絶対な歓喜の世界としての私も現れません。したがって、命が表す性の身体と心（恋）をもてない思考する理性の世界は、意味で意味を表す（歓喜を対照して歓喜を感じる）ことができず、価値づけられなければ表れない意味（考えなければつくれない悦び、悲しみを対照させなければ覚えられない悦び）となり、命である性が喪失されて幻想の虚無世界となってしまうのです。

旧人の生から、命それ自体である性の歓喜、絶対の意味世界が失われました。本来の私の世界が、性であるのに価値（言葉でつくられる幻想の生）となり、歓びであるのに悦びとなり、絶対であるのに相対となっているために、命が性を求め、悦びが歓びを求め、相対が絶対を求めることになりました。こうして、彼らの論理の世界に性と歓びと絶対への欲望が生まれたのです。そして、これから以後、欲望は悦びで充たそうとされるため決して充たされることがなくなったのです。

6　欲望の生

命の本質にある性（貴方としての私という女と男による一体化した絶対な命＝絶対な快感＝絶

対な世界の形成）の実現欲求を、論理で（思考で私を表し、価値によって人間を表す＝相対な悦びと悲しみ＝より良い世界の形成）実現しようとしたために、その原理的な矛盾から命のなかに生の欲求が起こりました。言葉で思考して目的の達成によって生きるかぎり、歓びを欲望していくことが宿命とされることになったのです。それは、反面でドキドキする刺激ゆえに、私の世界を興奮する悦びの生にしました。

しかし、目的は、目的として有るかぎり絶対に現実とはなりません。手段によって達成されるまで、それは「すぐ」「そこ」でか、あるいは「あした」「あそこ」でという未来の時空に予見される「幻像」でありつづけるのです。彼らは悦びを欲するためにいつも目的を対象として、それを達成するためにその手段を考えつづけていかなければならなくなりました。目的のなかに必然的にある悦びと悲しみのうちの悦びだけを取り出すためには、手段としての知識と技術が要求されることになります。

知識は経験のなかから論理的に知られ、技術は体験のなかから身体で習得されるものです。その知識と技術が高まって、目的のなかから常に悦びだけが取り出せるようになれば、それはすでにドキドキする悦びとはならなくなります。悦びとしてドキドキした刺激的な興奮とするためには、達成可能と考えられる、悦びと悲しみが一体となっている新たな目的を求めます。そのなかから悦びだけを取り出すには新たな知識と技術が要求されるのです。ですから、新たな悦びのために知識と技術が要求される以上、その知識と技術にも常に新たな試行錯誤が必要とされることになりました。

また、目的の達成で覚える悦びの世界は一時的なものです。なぜかといえば、それは常に達成された後に感じる悦びであるために、悦びが残像となって感じられる原理の世界だからです。

目的が達成されて現実の悦びとなった時、その悦びの対象であった目的はすでに失われているのです。悦びの対象である目的が達成されてしまえば、獲得された悦びが一時的な悦びになるのは当然でした。時間や空間を止めたり、逆に回すことはできません。失われた目的はもう取り戻せないのです。したがって、その悦びは対象を失って虚無の時空に投げ出されます。そして、その虚無の時空に投げ出された残像の悦びは時空の経過とともに過去にむかって、記憶や思い出となりながら現実感を喪失していくことになりました。生きようとすることは、いつも歓びを感じようとすることです。目的の達成で覚える悦びによってその欲求に応えていこうとすれば、つぎつぎと目的を設定して達成しなければならなくなります。

そうなれば、貴方との性で感じる絶対と現在進行形の歓びに対して、目的の達成で覚える悦びには、虚無性と過去形という根本的な矛盾が現れてきます。その矛盾を解決するため、虚無性の矛盾には、常に新たな目的を達成してより刺激的な悦びで現実感をつくりだすことで絶対性を求め、過去形には、常に未来の時空につぎつぎと目的を設定していくことで悦びの進行形を求めていくことになります。つまり、相対な悦びである私を脱して絶対な歓びの私に近づこうとするため、常に未来に向かってより良い悦びの世界を求めなければならなくなったのです。

しかし、すぐに次の目的を設定したとしても、目的の達成までには悦びを覚えることはできません。その間（現在）には常に歓びへの欲求不満が表れます。その欲求不満を目的達成の期待感に置き換えるために、達成できる手段を考える懸命さや努力が必要とされることになりました。かくて、その欲求不満は論理によって、必死、努力、勉強、研究という緊張、興奮する向上心や期待感といった心理状態に転換されていくのです。たとえば、馬の鼻先に人参をぶらさげて走らせるのと同じ状態で、目的を達成するまでの現在を緊張と興奮しながら必死に論理で生きることになったのです。この心理は旧人たちに武器や道具づくりの努力を促すことになりました。歓びへの飢餓感が論理的意志に交換されて旧人たちはだんだんと「欲望の生き物」になっていったのです。

7　死の恐れ

旧人たちは未来の時間と空間のなかに目的を設定し必死に手段を考え、その手段で目的を達成して緊張と興奮を解放しながら悦びを覚えて生きてきました。

その悦びは未来の時空がなければ実現することはできません。

目的を達成しながら、論理的に構築し、実感し、証明してきた私の価値世界（人生）の前にやがて、病や老いによる生の終局が意識されてきます。その生の終局という予感や認識は、いままで未来の時空によって構築されていた私の世界がそのために必要とされる未来の時空の消失によって、絶対に崩壊させられるということを彼らに明確に認識させることになります。

目的を未来の時空に設定できなくなれば、価値の悦びと悲しみであった私の世界は、私の人生は、そのすべてを奪われて完全に喪失することになるのです。

私が言葉の幻像である目的の達成で覚える悦びを追い求めて、未来のなかで生きてきたために、必然に訪れる生の終わりという時空の消失によって、幻像の生の正体である虚無が一挙に現れて襲ってきます。そのとき、旧人たちはいままで歓びと感じ、絶対の意味世界と考え、真の人生と実感してきた世界が、過去の悦び（悲しみ）の残像と未来の希望だけの全くの幻像、虚無という、論理だけで覚えた生であったことに無意識で気づくことになりました。

すべての私自身が、生きてきたすべての過去の人生が、命である男女の性の無い、男女で表れる身体と心の無い、絶対の歓びの無い、まったくの虚無であったという真実を突きつけられるほど恐ろしいものはありません。それは虚無の生であるにとどまらなかったのです。虚無の人生のために、数知れない悲しみや苦しみを耐えてきたという。驚愕と後悔と悔恨が絶望となって無意識の世界で渦巻くことにもなりました。意識に強烈な「死にたくない」という生への執着と欲望が膨れ上がって表出します。私自身が虚無のまま永遠に消滅してしまうという死の恐怖が、生への怒濤のような飢餓感となって現出するのです。

8　戦闘のはじまり

虚無の生への後悔や悔恨や絶望は、無意識の世界のことですから意識されませんが、死の恐れは日常的に強く意識されていました。その恐れは狩りでの強い悦びを覚えようとする一方で生きようとする欲望をも強めたのです。死の危険のなかでいかに死を回避するかという矛盾を解決する手段として、価値観がいままで以上に要求されることになりました。価値観が発達していけば武器や道具という物だけの発達にとどまりません。その価値観が人対人に適用されていくようになります。集団で行われる狩りの場で、あるいは、部族どうしのつきあいのなかで価値意識が強まっていきました。それまで友愛の感情で行われていた人対人の平等な関係が、価値観にもとづいて比較し評価、判断されるようになっていきます。優者は劣者に対して不満をいだき、その反対に劣者は優者に対して遠慮や気づかいをするようになっていきました。その結果は優者の不満が獲物の分け前の要求となり、劣者の遠慮が妥協をもたらして強者と弱者が現れます。強者は悦び、弱者は悲しむことになるでしょう。強者は弱者を侮《あなど》り、弱者は強者を恨む心理が表れるようになっていきました。

価値観の発達は、旧人たちに侮りや嘲《あざけ》りという軽蔑や侮蔑の観念から嘲りの笑いをもたらし、憎しみや恨みという憎悪や怨念の観念が歓びの涙を悲しみの涙に変えていきました。

その憎悪や怨念から現れる争いも、部族の内にとどまっているうちは長老たちの処理で大きくならずに収まりました。ですが、やがてその憎悪や怨念から人が人を殺すという現象が現れたのです。憎悪が部族と部族の間に起きれば、争いは止めようがありません。全面的な戦争へと深化していったのです。いったん戦いとなれば、その戦いは報復と復讐を繰り返す血みどろの争いとなって衰えることがありません。一方の部族の形勢が悪くなると親しい加勢を得て押し返し、押し返された部族は新たな部族に加勢を頼むということになって戦いの規模が広がっていきました。

しかし、どんな戦いでも永遠にはつづけられません。やがて、戦いに勝者と敗者が現れました。勝者は戦いの犠牲を敗者のすべてで償わせました。敗者の女、子供にいたるまで、すべてを勝利品として所有することになったのです。勝利するための犠牲となった者の死を等しいもので贖《あがな》おうとすれば、敗者の生のすべてでなければならなかったのです。ここに人との戦いや殺戮から現れる現象を、敗北として悲嘆に泣き、勝利として狂喜する、狂気の新人が出現しました。

死を対象とする戦いで勝利の悦びを覚えるために強弱、損得、優劣などの価値観が磨かれ、知識が重要視されていきました。勝者や強者の悦びは、相手と常に競争し、戦い続けるという関係のなかでなければ表せない宿命の存在です、現生人類の新人の時代から現代へと競争と戦いをつうじて、生成と破壊をくりかえしながら、文明と文化の発展現象が自然世界に広がっていくことになりました。

新人たちの男と女の関係は価値観によって大きく影響されます。親は娘や息子の結びつく相手を利害得失で判断して決定するようになり、男と女でつくる家庭も恋の歓びから価値の悦びである力や豊かさで維持されるように考え方が変わっていったのです。力に勝り、豊かさをつくりだす男の価値は重要視され、女はその価値に依存していくようになりました。男が恋の歓びよりも価値の悦びである能力や武力の影響力を重視してそれを得ようとすれば、そのために女を利用するようになります。男が女を従属させるようになっていくのは必然でした。価値の原理で表れる悦びは、その対象に悲しみや苦しみをつくりだすものですから、強者（男）の悦びは弱者（女）の悲しみや苦しみを必然的につくりだすものとなります。理性によって性が蔑視され抑圧される世界への歩みは、このようにして始まりました。

現世人類といわれる新人ではクロマニヨン人がよく知られています。一八六八年フランスのクロマニヨンで地質学者のL・ランチによって発見されました。今から三万年から四万年くらい前の後期石器時代と呼ばれる頃、ヨーロッパに現れたと考えられている人たちです。彼らの使った石器類は極めて精巧に作られており、同時代と考えられているスペインのアルタミラ洞窟やフランスのラスコー洞窟の壁画や彫刻の芸術性の高さから見れば、その知性は大変高い水準にまで発達しています。知性の発達と悦びへの欲求の強さは比例しますから、すでに彼らの欲求は完全に欲望といえる状態であったと言ってもいいでしょう。

9　新人から現代人

言葉の論理性によって悦びをつくりだしたために欲望を生み、それを充たそうとして新たな悦びを論理でつくりだすという循環が表れて、新人たちは原生人類として採集、狩猟、漁労、牧畜、農耕と、食料の確保と物の生産のために知識や技術を大きく高めました。そして、今から約七千年前のチグリス・ユーフラテス河畔に世界最古といわれるメソポタミアの都市文明が現れて栄えるのです。

これ以前にも数知れない小さな文明が興っては消え、消えては興るということを繰り返しながら、それらの文化・文明が収斂されて、メソポタミアの都市文明に結実することになったのだと思います。

食料の生産が貯蔵をもたらし、貯蔵が富につながり、富が経済の発達をうながし、経済の発達が政治の支配を進める、あるいは、価値で表れる悦びが物を作り、知識を広げ、技術を高め、力をつくりだし、強者と弱者、富者と貧者を現し、支配と支配される者の関係から、社会が築かれたともいえるでしょう。

　基本的には、メソポタミア文明以後から現在までの人類文明の発達、発展の歴史も、旧人から新人への新化と性質はまったく同じものです。旧人がその生の本質にある歓びへの欲求を、悦びで充たそうとしたため、歓びへの飢餓感を作りだし、欲望を生み出し、その欲望を意志力として論理で生きてきたことから現れているものだからです。ただ、物の広がりと知識の深まりが時間の経過とともに加速度的に早まっただけに過ぎません。言い換えれば、それは、それだけ歓びへの飢餓が加速度的に大きくなり、悲しみや苦しみが深刻になったということでもあるでしょう。

　ここまで五百万年の時空を超えて、あのサルたちが新化しながら猿人、原人、旧人、新人となり現世人類となった過程を大雑把に見てきました。私は人類の進化に関する正確な知識や、学識をもちあわせていません。ですから、この物語も話すことができませんでした。あるいは細かなところで定説や学説とちがっているところもあると思いますが、ヒトの新化のなかでの重要な現象やその原因については誤っていないと思います。なぜならこの想像の物語が、ヒトの、快感、性、恋、歓び、言葉、意味、欲求、死、悦び、価値などの根源的なキーワードを使って考えだしたものだからです。

10　感情について

ここで私たちが感じる感情について私の考えを話してみます。基本的に動物が感じる感情は二つしかないと思います。快感と不快感を表す歓びと怒りです。他の動物はこの二つを低いレベルで感じているでしょう。低いレベルとは歓びと怒りで同類のなかに日常的に死を出現させることがないということです。

しかし、人間はこの二つの感情を言葉による理性で、悦びと悲しみ、狂喜と憤怒に変えて同類のなかに日常的に死を出現させます。価値観で感じる悦びの快感は必ずその対象に悲しみや苦しみという不快感をつくりだします。その不快感は憎しみ、恨み、妬み、羨み、不満、屈辱、など不条理ゆえに感じられる不快感です。それらの不快感はすべてその底流で怒りとつながっています。そして、それらの不快感が結びつき、関係して怒りが憤怒へと変質させられ、絶望やパニックとなって破壊の心理となり死を出現させます。それらはすべて理性によって影響され、変質されてつくりだされている感情です。人間が感情といっているものは身体の自然な生理をのぞけば、すべて言葉でつくりだされる、理性から表れる感情だといってもよいものでしょう。この意味からいえば、真の感情である性から表出する恋の歓びによる行為は絶対に誤りを犯しませんが、理性による感情は論理で考えて表れるため、その行為は原理的、宿命的に誤りを犯すことになります。理性に誤りは必然なのです。人間の理性が誤りを犯さない理性そのものとされるためには、生命自体が悦びも悲しみも感じないコンピューターやロボットのような機械になる他ないのです。

有史以来人間が悦びを感じるためにつくり育ててきた知識や理性は、今でも揺るぎない悦びや、理を私たちにもたらすことができません。いつの時代もそれらは人間によって常に新しい悦びや理を要請され、新しい知識や理性で改められ塗り替えられてきたのです。言い換えれば、人間の文明や文化が発達、発展したのは、言葉が表す知識や理性が人間の悦びを揺るぎない歓びとすることができなかった証明でもあります。もし、それらで揺るぎない歓びが感じられていれば、このような文明や文化の発達、発展は必要なく、興りえなかったからです。現在でも人間は生の飢餓感から限りなく文明や文化の発展をめざすのです。それは知識や理性が悦ぶために悲しみや苦しみを必然につくりだし、怒りや憤怒となって生の飢餓につながるからでしょう。

11　価値の世界に現れる悪の生

目的は未来の時空に設定して達成される悦びですから、思考された行為によらなければ実現しないものです。そして、その価値の悦びとは、絶対の歓びをめざすのですから、より良い悦びを求めて必然的に努力することが要求されます。

それは人間と人間の関係の場合、価値をめぐって相手と常に競い争うなかで、その結果が勝敗で表されることになります。人間が自己の悦びと他者の悦びを価値で表すことになれば、感情をもち、意思をもって主体的に生きようとすることが、競争し、争い、闘うという非情な現象を出現させる生き方となるでしょう。努力や研鑽に全力を挙げながらより良い私の悦びを求めることが、他者の悦びを奪って悲しみとし、その嘆き悲しみを自己の悦びや愉しみとしなければならない残酷な世界を実現することになるのです。

実際、現在の私たちは優れることや勝利することを何より悦び、劣ることや敗れることを何よりも嫌悪し悲しみます。自己の生を尊厳すればするほどその思いは強まるものです。価値で表れる人間の古代から現在まで、私たちが名誉を重んじ恥辱を恐れるのは、勝敗によって自己の存在が現れたり、失われたりすると真剣に考えられたからだと思います。残酷で凄惨この上もない戦闘や殺戮も、価値観で生きることに純粋であれば、それが深刻さをくわえて現れて当然なことなのです。真の自由に生きようとすれば、最後に死を金の手段とするのが厭《いと》えなくなります。むしろ、その死が残酷であり、凄惨であればあるほど、敗者として惨めな生を生きようとはしなかったという、死者の生の尊厳が現れ、自らの生が輝きを増すと妖しく考えられたのです。価値観で生きる人間は、より良い悦びの私を求めることによって、その世界のなかで悪という悪のすべてをつくりだし、解き放たなければなりません。苦しみと悲しみの人生を生きなければならないのは、その世界で悪の生が背負わなければならない過酷な運命なのではないかと思います。

12 必要とされる倫理

価値の原理で生きる生は必然に悪となります。生に悪が宿命とされることになれば、万人が万人に対して狼となるのは当然なことでしょう。強者は弱者をなくしません。弱者がいればこそ強者としての悦びを感じられるからです。弱者も強者となれる弱者を見つけているうちは、弱者でありながらも相対的な強者として生きることができます。しかし、弱者を見つけられない弱者は強者を否定しなければ生きることができません。自己の悲しみを悦びにできないために、他者の悦びを悲しみにしようとするのです。人が、人を騙してはならないと知っていながら敢えて騙し、盗んではならないと知りながら敢えて盗み、殺してはならないと知っていながら敢えて殺すのはこのためだと思います。悦びに対照されて悲しみが表れるように、悲しみが悲しみで対照されれば、悲しみは悲しみでなくなるのです。

弱者を見つけられない絶対的な弱者を、一般的には生の努力や懸命さを欠いた本人の責任から現れたものだと考えます。生きるための努力や研鑽は当然のことだと思えるからです。

しかし、それはヒトの命の自然な多様性の現れが、価値の世界で頑健性や穏健性、あるいは積極性や消極性という状態で仮に強性、弱性として現されているだけでしょう。ヒトが恋の情念に自然に生きれば、生きることに強者や弱者は現れず、したがって努力や研鑽も必要とはしないのだと思います。価値観によって弱者を弱者ゆえに非難できるのであれば、強者は強者ゆえに非難されなければならなくなるでしょう。

強者が弱者の悲しみで悦びを感じようとするのは、自らの才能を努力させて悦びと悲しみの共存を迫ることです。同じように、弱者が他者の悲しみで自らの悲しみをなくそうとするのは、自らの悦びを犠牲にして他者へ共に悲しむことを迫ることです。自らを犠牲にする弱者の生き方を不合理とし、自らを努力させる強者の生き方を合理とするのは、価値の世界では当然かも知れません。その世界はドキドキとした悦びを求めて作りだされたのですから、弱者の共に悲しむ生き方はその悦びの否定になるため容認できないでしょう。原理的な悪として、競争を通じて悦びを表しながら生きる多数の強者（強者や、弱者であってもさらなる弱者をみつけられる相対的な強者）は、悲しみで悲しみをなくそうとする自然な悪である少数の弱者（弱者をみつけられない絶対な弱者）を呪縛して価値の世界にとどめようとします。そのために必要とされるのが、他者の悲しみや苦しみへの共感や同情を、価値観で導いてつくられる義務の愛、倫理です。

13　倫理と愛

価値の世界で倫理とされる義務の愛は善という概念で構築されていると思います。私たちが道徳や倫理を知識として家庭や学校で教えられたのは、学ばなければ得ることができない知識で構築される理性だからでしょう。私たちは愛を、精神的な理性の愛（アガペー）と性愛の愛（エロス）とに分けて考えます。そして、理性の愛こそが人間の真の愛であり、性愛の愛は動物的であり、快楽の愛であるとして、一般的にはこれを蔑視します。『現代哲学事典』（講談社現代新書）を例にして考えてみましょう。

事典はその中で「『エロスとアガペー』において、ニグレンは、エロスは人間的な愛（自己実現の愛）であって原理的に自愛であり、自己中心性を脱することができず、より低級な利己主義に近づく危険性を持っている。これに対して神の愛であるアガペーは、人間的な立場に対する超越性をもち、純粋に無動機の他者実現の愛であるとした。そしてこの二つは原理を異にし、次元を異にする異質の愛であって、対立関係にあるとしている。したがってエロスとアガペーの結合は矛盾に満ちた妥協であって、実際の綜合はあり得ないと断定している。」と記述しています。

ニグレンが指摘する〔精神的な理性の愛（アガペー）と性愛の愛（エロス）は原理を異にし、次元を異にする異質の愛であって、対立関係にあるから人間の中でエロスとアガペーの結合はあり得ない。〕としているのはそのとおりだと思います。ですが、〔人間的な愛であるエロスは原理的に自愛であり、低級な利己主義に近づく危険性を持っている。〕や〔アガペーは純粋に無動機の他者実現の愛であるから、アガペーはエロスを超越する。〕と記述されているのは誤りだと思います。なぜなら、エロスは原理的に自愛であるからこそ他愛に向かわなければならなくなるものだからです。その理由は前に、恋の歓びによって「私」は「貴方」から見出されたと話したことからも分かってもらえると思いますが、恋は自愛だけでは成立せず、自愛ゆえに他愛とならなければならないものです。私の歓びが貴方の歓びになったとき、私の歓びは最高で完全な歓びになるのです。

それが低級な利己主義に向かうのは、人間が貴方でなく目的に向かって価値観で生きていることから起こります。また、ニグレンのいう純粋に無動機の他者実現の愛は、言葉で構築された理性の愛であり、形而上（思考上）の愛でしょう。それは理性によってつくられる愛（アガペー）であるからこそ、純粋に無動機となり得るのです。純粋に無動機とは生命が無いという意味と同じことです。命あるものが純粋に無動機で働くなどということはあり得ません。命あるものの意思や力はすべて命のためという動機で働くからです。したがって、純粋に無動機の他者実現の愛とは、生きていない機械や人造人間であるロボットそれ自体が、組み込まれた知識や論理によって、純粋に無動機の他者実現を「機能」として実現するものだと思います。

14　犠牲と贖い

倫理である義務の愛は必ず献身や奉仕といった自己犠牲の上に成り立つものです。私たちはその行為をするとき、人間の崇高な使命や責務だとして喜びを感じながら行います。自己を犠牲にする喜び、それは、それによって他者が救われると考えるところから現れる理性の喜びでしょう。

他者はそれによって本当に救われるのでしょうか。苦しみや辛さという犠牲をこらえながら行われた他者の行為で、自己のなかに救われた悦びがわき上がるかと問えば、否、と答えなければならないでしょう。私たちはその行為に感謝しながらも、その反面で、他者の犠牲を必要とした自己に嫌悪するのです。それは、自己の心に痛みを呼び起こし苦しさを招来します。自分自身をたのめない不甲斐なさ、自主独立であることができない悲しさ、自己の尊厳を傷つけ失う嘆き、他者の犠牲で成り立つ命は生の意義を見出せません。他者の犠牲は犠牲であることによって私たちに自己否定を迫るからです。このことから言えるのは、倫理観から行われる義務の愛による自己犠牲は、必然的に他者否定と成らざるを得ず、精神的な理性の愛（アガペー）はすべての否定に行き着かなければならなくなるということです。

また、人間にとってまったく見返りを求めない自己犠牲が有りえるのでしょうか。苦しみや痛みを耐えて自己の部分、あるいは、時に大部分を失いながら行われるからこそ犠牲と言うのであれば、その犠牲は何らかの意味や価値で必ず埋め合わされなければならないでしょう。身体が傷ついた時、身体はその傷を必ず修復します。生きているかぎり修復されない傷はあり得ないのです。それは当然に心の側にも適用されます。私たちは生きているかぎり、苦しみや痛みを伴って行った自己犠牲に、必ず見返りの意味や価値を求めて贖おうとするのです。命それ自体は存在し続けようとする原理であり、それが命として生きることの自然な姿だからです。したがって、自己犠牲は犠牲であることによって、他者に犠牲の意味を、価値を、無言のうちに求めることになります。それは他者が病や貧困、悪や不遇といった、悲しむべき境遇から救われることで贖われる犠牲です。言葉を換えて言えば、他者は私の自己犠牲によってその境遇から救われることを、命の原理から強要されるのです。このことは、私の自己犠牲によって他者が自らの生きる（死ぬ）自由を束縛され、否定されることでもあります。よって自己犠牲はしばしば他者によって反発され、犠牲の意義を失わされることになります。

15　自己犠牲と他者否定

例えば、私が病で半身不随におちいったとしましょう。下の世話を息子の嫁にしてもらったとき、その世話が嫁にとって苦しみや悲しみの伴う自己犠牲であれば、その行為は犠牲であることによって私に感謝を要求し、一刻も早い回復を強要するのです。一般的に言えば、私も嫁の自己犠牲の行為に感謝をするでしょう。ですが、それは嫁への感謝であると同時に、自己への屈辱、自己への憎しみへとつながるのです。嫁の自己犠牲は、まざまざと私に私自身の無意味性と無価値性を見せつけるからです。やがて、私は嫁のその行為に感謝の言葉を口にしなくなるでしょう。感謝の言葉は私自身に「お前の生は嫁の苦しみや悲しみによって成り立っているのだ」と聞こえてくるからです。そして私は一刻も早い死を望むようになるでしょう。もしくは、嫁に悪態をつきながら自らの生を呪うようになるのです。つまり、私は悲しむべき境遇から脱するよりは自己の自由によって死を望み、生を呪う境遇を選ぶのです。そこには嫁の自己犠牲を失わされて、贖われることのない自己否定とされる現象が現れます。

また、嫁の犠牲によって私が半身不随の境遇から脱したときはどうでしょうか。それは、嫁の自己犠牲によって私がその境遇で生きる自由を束縛されることを受け入れ、辛いリハビリの運動を通じてその境遇を脱することで、嫁の自己犠牲を贖ったことになります。私は半身不随で生きる自己の自由を否定して嫁のそれに応えたのです。言い換えれば、私は嫁の自己犠牲によって私自身（半身不随）として生きるのではなく、嫁に同化して嫁自身（犠牲が強要する回復すべき病人）として生きなければならなかったのです。ここには嫁の自己犠牲が私の自己否定となる現象が現れます。私たちは半身不随の病が治るのであるから嫁の自己犠牲は結果的に良かったと考えます。しかし、嫁の自己犠牲で私が半身不随の状態で生きていくことを否定され、自らに嫁の犠牲に応えんと自己回復を義務とさせる生き方は自由な生とは言えないのです。嫁の自己犠牲に応えるのではありません。私が回復するのは、私自身の自由な意見で、そうしたいから回復するのでなければならないでしょう。ですが、それは嫁の行為が自己犠牲であるかぎり実現されません。前述したように、それが犠牲であることによって私のその行為を贖うよう命の原理によって強制されるからです。

人は倫理である義務の愛（アガペー）を素晴らしく、美しい感動的な行為だと称賛します。だがそれは自己と他者の両者にとって、偽りに満ち、毒をもって残酷な、自由な命を踏みにじる欺瞞の愛なのです。理性によってつくられた愛からは何も生まれません。それは、自己犠牲から他者否定を要求し、他者否定となって再び自己犠牲となるか、自己犠牲から他者否定を要求し、他者犠牲とされて再び自己否定となって自由を奪いながら回帰する、悲しみだけの愛だからです。

16　自由と法

自らのもつ自然の多様性の表れである命の脆弱性によって悦びを表せない弱者は、生きるために命そのものを手段として強者に対さなければならなくなります。自由な命は価値の世界を超えて生きようとします。悲しみで悦びを表す価値の原理は、またその反面の、悦びを悲しみに変える矛盾を内包しなければなりません。生の本質は歓びを求めて悲しみを退けますから、悲しみだけでは生きられません。こうして弱者は最後に自己の命を手段にすることを迫られるのです。

この世界に自由を表そうとすれば強者、弱者を問わず、殺人と殺戮は必ず現れなければならない現象です。価値で悦びを表すことは究極的に、勝者＝生となり、敗者＝死となります。過去に我々の国を含め、数々の国々が、それぞれの戦場で数知れない虐殺や殺戮を行いました。ともすれば私たちはその行為を、戦争という特殊な状況のもとの特異な群集心理によって起きたことだと考えがちです。ですが、それは大きな錯誤、誤認だといわなければならないでしょう。人間がこの世界に論理で理性的に生きる限り、まったく同じ状況が現れれば、私たちもまた同じ虐殺や殺戮を行うでしょう。事実、その小規模な現象は日常のいたる所で発生しています。私たちの社会に殺人の起こらない日がないのはその証明となるでしょう。

しかし、人は言うかもしれません。「昔に比べれば今の私たちの人間性（やさしさ）は格段に高まっている」と、そして「その証拠に人権意識が定着し、奴隷や拷問、略奪や収奪、侵略や圧政など残酷、残虐な行為がなくなってきているではないか」と。そうです、確かに少なくなってきています。だが、それは私たちの人間性が高まったからではありません。私たちが論理から善悪の観念を導いて、法秩序という罪と罰を作りだし、命をその法で束縛して生きているからです。つまり、私たちの秩序や平和は人間性の向上によって築かれ維持されているものではなく、私たち自身の自由の約束や束縛によって築かれ維持されているものなのです。そして法は、同じく私たちがつくった権力のもつ暴力で担保されねばなりません。もし、私たちの人間性が高まったと言えるのであれば、私たちに法はいりません。また、その法を暴力で担保する必要もないでしょう。正義を行わなければならないから行うのではなく、正義を行いたいゆえに行うからです。人間が価値の世界で欲望に生きなければならない以上、理性の人間とその倫理は暴力によって守られざるを得ません。極言すれば、私たち理性の人間は、暴力の奴隷となることから決して逃れられないのです。

そうであれば、悪を排除して善を求めてもその善の中に自由はありません。この世がすべて善で覆われようとも、自由のない生は生と呼べないでしょう。ここで私たちは、世界が悪に覆われようとも自由を求めて生の意味（内容）を得ようとするか、もしくは善の世界をめざして、悪である人間自身を束縛し、自由を犠牲にして生命の維持、確保（形体）を求めるかという、どちらかの選択を迫られるのです。

その選択の結果、私たちは法治の社会に自由を委ね、安全を託しながら善の世界を求めて生きています。それがいかに民主的な方法であろうとも、暴力に自己の生を委ねて生きることに変わりはありません。自由な社会に生きたいと希求すれば平和を殺し、平和な社会に生きたいと望めば自由を殺さなければなりません。そして、自由の社会は内に暴力が顕在化して溢れ、平和の社会は周囲に暴力が隠蔽されて充満されなければならず、共にその社会は暴力で維持されるのです。

悲しいことに、悪として生きなければならない人間の生は、自らの倫理観によって法を定めては、自らその法の盲点をついて悪をなし、その法の盲点をなくすために、さらに新たな法を定めるという悪循環を繰り返しながら、自らの自由な生の束縛を次第に強めていきます。人間は生きようとするかぎり、自由な歓びを求め続けます。それが即ち生きることだからです。しかし、生きようとして自由な歓びを求めれば求めるほど、この世界では必然に競争や争乱を呼び、死を招くことになります。私たち人間の理性の広まりや深まりは、価値で物質世界の繁栄をもたらすその反面で、人間自身の命そのものを握り潰していくのです。

第三章　現代の世界を表す男女

男と女の関係

1　男と女の現在

ここまで、人類の旧人以後の歴史を命と命を互いの性で表すのではなく、倫理で表してきた世界だと話してきました。そしてすべての現象の根源は、男女の性の喪失そのものから生みだされているとも話してきました。

性は絶対な命の歓びを生み出す創造力をもっていますが、論理で生みだされた世界では対比して表れる差異が価値観で悦びとなるため、合一して異なりを意味とする性は原理のちがいによってこの世に絶対な創造力を表すことができません。命の、性（歓び）で表れようとする力は言葉の論理性である理性力に変換され、その理性力の原理である対象の否定性（比べて優れたものを残すこと）によって、知識と技術を発展させながら環境世界を侵食し、収奪し、破壊して悦びをつくりだしていきます。人間の生命力が自然の生命界を滅ぼす魔力へと変貌します。

命の創造力は男女の性によって身体の内部で自己の内容と形態を変えながら（サルからヒトに新化したように）歓びとして表れますが、理性力は論理によって身体の外部（自然環境）の形態を変えながら物をつくり出すことで悦びとなって表れるのです。

価値の悦びに生きる人間は、性を何よりも恐れます。性の力は常に価値で現れる豊かさの世界の正体を、人と人の争いや男と女の生の嘆き苦しみの現実で表して理性を否定しようとしますが、私たちは性の力として表れるそれらのものを一層大きな理性力の発揮による科学や技術の発達で乗り越えようとするのです。その、性を恐れて否定しようとする人間の価値への、理性への盲信が今、絶対的な確信として男女の生き方に表れています。

性を命の根源の原理として考えれば、私の考え、感じる思想世界も簡単に空想の世界だとはいえないのではないかと思います。これからは価値の悦びを徹底して追求している現在の世界を考えていきます。今の世界も根本は男女の性が失われているところから現れているのですから、男女が性を喪失させながらどのように生きているのかを見れば、夫婦、家族、社会、国、世界の現実の総ての原因がその原点でより正確に理解できるでしょう。それには、現在の男女の関係を位置づけている結婚について考えることから始めるのが良いと思います。

2　若者の恋

生まれ育まれて青春を迎えた若者たちは、異性に対して淡い恋心を抱くようになっていきます。そして、心身の成長と共に恋心も強まっていき、やがて熱く激しい恋の情念のなかで、自らの一生をこの人と共に過ごそうと決心できる相手とめぐり合おうとします。男女の一生、喜怒哀楽のすべてから、善悪を超えさせ、時には命さえも投げ出させる絶対性をもった恋、至高な自然の本性であるこの激しい恋の慕情はしかし、父母の価値観と、それで構築されている社会の呪縛によって、徹底的に閉塞させられてしまうのです。

子供たちは、小学校、中学校、高校、大学と幼いときから教育されながら知識や道徳によって価値観を磨いていきます。思春期や青春期に溢れ出る、友達を欲し、恋人を欲する自然な生命の欲求に対して、父母は教育の場で勉学を押しつけ、優劣を競わせ、差別化し、友を敵とし、異性を遠ざけるように、闘いと孤独の境遇に立たせて理性力の育成を奨励するのです。そして、親の深い愛情から、目に見え、触れることのできる、物での悦びと勝利の悦びとを教えます。ドキドキする悦びがそこには有ると……。

価値を何よりも悦び、理性を尊び、倫理を唯一の人間性とするところから、そのドキドキする悦びは現れてきますが、それはまた反面で、自然人の命と性を虐げ、蔑み、抑圧して暗闇のなかに閉じ込めようともします。

少なくとも歴史的には、数知れぬほどの男女がこの世で結ばれない恋を死後の世界で結ぼうと自らの命を絶ってきたことが悲恋の物語や史実をとおして知られています。発展していく文明のなかで、価値の悦びを貪りながら生きることに疑問をいだき、世間からの限りなく深い差別と侮辱、異端と疎外の淵に沈みながらも、社会の片隅で恋に生き、愛に殉じて自然人としての真の歓びを求めつづけようとした人たちがいたのです。また、文学が人間の真の世界を描こうとして、悲劇に終わる男女の恋とセックスを連綿と書きつづけて人間の深淵に迫ろうとしたのも、音楽の世界で恋の歓びや悲しみが時代を超えて歌われつづけられるのも、性に現実の世界を超越する力がひそんでいると考えてその絶対なる力の正体を知ろうとしたからに他ならないでしょう。

現代の若者の恋は死を超えることがないように思われます。ロミオとジュリエットのような悲恋をすることはありません。真実の恋のなかに絶望的な悲劇を観るからです。それが意識的に見えているとは思いませんが、無意識的には観えるのだと思います。

ある女性歌手が歌う、暗く滅びを宿命づけられた女心の曲が現代の恋の御詠歌として流行ったのもその女心が理性で構築される恋心だからでしょう。その歌と女心には悲しみだけが溢れています。理性や価値観でなされる恋だから、男に理性の悦びを与えようとしてなされるため、その恋には美貌、知性、賢さ、上品さ、忍耐強さ、奥ゆかしさなどという価値の美意識が求められます。そして、その美意識は論理で対比的に表れる悦びであるため絶対とされることがありません。

その恋は常により良い美しさをもった恋に代えられる不安を宿命とされるのです。恋を理性でしか表せない男女、性で表することが出来ない女の心が必然にたどる暗い滅びの道を巡礼しながら歌う唄。それが男女の性を葬送した唄としての中島みゆきの恋の御詠歌だと思います。

真実の恋に絶望しているからこそ恋が遊びになり、性が日常的に物と同じく売り買いされる風俗が隆盛を極めます。極彩色のホテルの一室で、金銭と交換される一刻の肉体の快感の後におそってくる後悔の念に歯がみしながらも、男と女は決してそれを止めようとはしません。自らが価値の悦びに生きているために、自らのすべてをかけて貴方を求めても真実の恋は得られず、もし、それを本気で求めれば必ずはい上がることのできない奈落の底に突き落とされると予感されるからです。その恐れを回避するために男と女は、うわべだけの仮の恋を、セックスの悦びだけを、物や金で求めます。男は女の体を獲物とし、女は男の価値を獲物とします。いや、現在は女が男の体を獲物とし、男が女の価値を獲物とするのかも知れません。

3　男女の孤独

いずれにしても男女は自然の性を喪失して寂寥の人間として孤独に存在しています。その寂寥や孤独を埋めようと、華やかなファッションに包まれた生活を二十四時間の光のなかで営もうとします。めくるめく色と光で寥々とした荒野のごとき心象風景を彩ろうとするのだと思います。

時代とともに社会のなかに夜の闇が減ってきています。深夜の都市近郊の街々の誰も通らない道が、夜通し明々と照らしだされているのも犯罪を防ぐためだけではないでしょう。夜の闇そのものを防ごうとするのです。街を照らし、家々の連なりを照らすのは、一人ではない自己を、人と人のつながりを照らそうとするのだと思います。田舎の若者が都会をめざすのは豊かさに憬れるためでしょうか。あるいは自由を求めて来るのでしょうか。きっとそうではないでしょう。彼らは性の喪失による命の孤独と寂寥から逃れようとして来るのだと思います。雑踏の賑わいのなかに他者との表面的で間断のない積極を求め、切れ間なく送られてくる、テレビやインターネットの映像に自己を忘れ、溢れる情報のなかに他者を覚えることで安心しようとするのだと思います。

その都会の夜のない明るさは、闇を恐れるゆえの華やかさです。それは灯を求め、人を求める、孤独な魂の集まりで築かれた街の華やかさです。若者は、その街の明るさのなかに温かさを、人のなかで優しさを得ようとします。それを得る方法は何でしょう。父母が幼いころから勉学を通じて与えてくれた知識を価値観で活用することです。それは、目的を達成する悦びで孤独を忘れようとする生き方です。孤独な魂は孤独な魂を目的の達成のための手段にするのです。人が人を利用し、損得と利害、優劣と強弱を表しながら、目的の達成をめざして栄光と挫折をくりひろげます。したがってその街の灯は優しさや弱さをもった人間には、虫を灯で誘って熱線に触れさせて殺すような殺虫機の機能をはたします。孤独な人々が孤独ゆえに非情な街をつくりだすのです。

今や、常に携帯やスマートフォンで友との連絡や、その可能性を高めることで孤独を防ごうとしているのでしょう。それは彼らの心の底にある痛々しいほどの寂寥感の表れではないかと思われます。そんな彼らが、やがて非情な都会の灯に誘われていくことになるのです。

4　結婚について

歴史的に見てみると、結婚の制度は家族や氏族の存続と、それによる権力や財産の継承と深く結びついたものでしょう。基本的に現在も死に対照された生、ドキドキとした悦びを目的によって作りだそうとしているのに変わりありません。その目的が価値となった家族であり、氏族であり、また価値そのものである権力や財産なのです。その現実のために男女の性は使役されることになります。その、性を使役する最初の契機は結婚から始まるのでしょう。

結婚の式典は神前であれ仏前であれ、第三者である絶対者（神仏）に向かって男女が互いに結婚を誓約するものです。この行為は、自らの恋も相手の恋も絶対的には信じることができないから、神仏に愛を誓約することで互いの恋を絶対化しようとする意味だといえます。もし、男女が互いの恋を絶対なものだと確信しているのであれば、二人が自らの恋を、ことさら神仏に向かって誓約する必要はないでしょう。二人だけで互いの恋を確認し、すべての事柄を超えてそれを尊重し、守り、育んでいこうと決心して、互いの恋こそが互いの命であると自覚しさえすればそれで充分なのです。そのように互いの性と恋が自覚されていれば、結婚の式典は意味をもちません。それは否定され、廃されたはずです。

恋は自然の表れです。性は自然人の命の意味を歓びとして表す唯一のものです。恋の歓びが自己であり、自己が恋の歓びであるという自然の本性が、激しい恋心として、熱い慕情として心のなかに宿るのです。その心の領域に、二人以外の、例えそれが神仏であろうと、第三者を介在させることは、自己への不信、私の否定となって他者への不信、貴方の否定とならざるを得ません。互いが、男女の性を表す自然人として存在していることの意味は、女の性なくして男の性の意味や存在はあり得ず、男の性なくして女の性の意味や存在もあり得ないということです。ここまで話してきたことのすべては、最初に書き出した「自己の性を実現する」ことに集約され、それに貫徹される話です。人間の誕生からその死まで、世界の始まりから終わりまで、すべては完全に性で覆われるのです。そして、その命の絶対を実現させるのも男と女の性です。その性を、その表れの恋を信じず、神仏によってそれを否定することは、命と世界を否定することと同じです。男と女の性がその意味の根源で失われるのですから。

しかし、現実には、神仏の前で男女が互いに自らの愛の永遠を誓約するセレモニーが厳かに執り行われます。そして、当人たちはもとより、親、兄弟、親類縁者こぞってそれに感激するのです。その感激には約束された愛への安堵があります。神仏への誓約を通して二人の恋を契約の鎖でつなぐ安堵です。恋があり、愛があるかぎり、夫であり妻であると考えるのではありません。夫であり、妻であるかぎり、恋があり愛があると考えるのです。つながれた恋に、恋心や慕情は必要とされません。二人がつながれるためには何よりも鎖の太さが重要になるからです。神仏に対する愛の誓約こそ、男女の性と恋を呪縛してつなぐための第一の鎖です。その鎖は男女の心と体を強烈に呪縛し、性の否定と恋への不信を徹底して進行させていくことになります。

第二の鎖は婚姻制度による束縛です。愛を誓約する式典が終わると、婚姻の事実を役所に届け出て二人の関係を法的に確定することになります。これは、男女の恋による性の結びつきを、自然で個人的な状態から、人為的で社会的な状態へと移行させて変質させる機能をはたします。

法制度によって確立される婚姻の関係は、男女の愛の誓約を具体的な契約になおして、義務と権利からなっている法の強制力に依存しながら、互いの愛を保護しようとするものです。これは、万人は万人に対して狼であるという人間観から導かれているでしょう。人間は常に自己の利益だけを考えて行動する存在であり、そのため、約束や契約はしばしば破られ裏切られるものであると考えます。したがって、人間は何らかの力で規制し束縛されねばならない身勝手な存在であるとの考え方を導き出すことになります。その、なんらかの力が、婚姻の制度という法律であり、その法律の実行を確保するために権力で維持されている国家という体制です。

他の動物と人間を分ける基準に社会性という考え方があります。この場合に使われる社会性という言葉は、人類は生命の発達や発展をとげて進歩している、万物の霊長であるという観念のなかで使われます。組織的、系統的な社会を作りあげて活動していることを自賛するのです。その組織的・系統的な社会構造の政治性や、経済性、合理性や効率性という、命の支配の合目的性には目を向けても、その機能の抑圧性や非情性、脆弱性や危険性という命に対しての反自然性を、その組織的、系統的な社会構造で防いでいると考えるのです。

しかし、人間の社会性は人類の進歩や発達を示しているのではありません。それは、一人ひとりの人間が自己の恋や愛をまったく信じていないことを表しているのです。自己の命の自然性や、自らが歓びから生まれた存在であるということを絶望的に否定していることだと思います。自らの生き物としての根源である性と、その表れである恋という不可欠、不可侵な、命そのものといえる歓びを喪失させたまま、私を論理で形成し世界を差異の価値化で対象化する生き物は、物に対しての優劣と人に対しての勝敗を必然にしますから、物の発展と命の争乱が表裏となります。その争乱から免れようとして人間は人為的な神仏という虚像や国家という構築物に愛や自由を供出して生きようとします。自己の命である性と恋愛を、自分自身で守り育てることができないような生き方をする生き物は、万物の霊長どころか、生き物のうちで最も後退し、頽廃した生命体だと言えると思います。

結婚の式典と婚姻の届け出は、自然な性の男女が自主的、積極的に人為の社会的な存在になることの重要な出発点となります。命の根源から溢れる恋で男女が性を結ぼうとする、その初めの一歩から、私たちは自らが作り出した神仏や制度、体制を使って、自らの性を、自らの恋愛を、私と貴方を、心と身体で葬りながら……その門をくぐるのです。

5　夫婦について

若者は性と恋の絶対性を信じられず、若さの力強さや美しさを青春の特権として考え、刹那的、刺激的な遊びでそのエネルギーを消費するか、あるいは、将来の豊かさをめざして、堅実にそれを、仕事に振り向けていきます。かくて、恋と性を遊戯とした無軌道な青春が自己満足で謳歌され、恋と性を抑圧した堅実な青春が社会規範で讃えられます。その生き方が青春の蕩尽となり、その果てに結婚が意識されて、結婚式の華燭の宴が青春の墓標となり、結婚した夫婦の生活が恋と性の墓場になっていきます。

結婚が男女の恋の強い情熱で結ばれたとしても、自らの恋をあざむき、制度に依存して生活を続けていけば、三年四年と年月の経過とともに恋の情熱もしだいに風化し、おとろえて、やがて、その情熱をいだいたことさえ忘れるようになります。代わって、二人の生活が入籍したことで現れる所有意識や、夫婦の社会的な責任感、見栄である世間体や生活をしていくための利便性などの、価値観で営まれるようになります。これらの精神的、社会的な拘束は一般的に、はっきりと認識されていないように思われますが、注意深くみてみると、想像以上に生活する男女を呪縛しているのが分かります。

私たちはそうした制約や束縛を意識していないようで、実は正確に理解しているのです。その拘束力で結婚後の生活が生涯的に維持されると直観されるからこそ、結婚しようとする気持ちも起きてくるのです。恋心や慕情が強いから結婚すると思うのは表面的な意識であって、本当の意識は、結婚の誓約や婚姻の制度で互いが互いの生活や人生を所有し、保障しようと考えることです。

私たちは自らの一生をゆだねられるほど、恋心や、愛情という自然な感情に信頼を寄せられません。それらの感情は若い時の一時的な情熱であり、はかなく失われてしまう脆くて壊れやすいシャボン玉のようなものだと考えているからです。事実、中年以降の生活は恋心や慕情で築かれるよりも、大人の理性的で打算的な責任や義務、ギブ&テークという契約意識の活用で維持されているのです。

夫婦の間から恋心や愛情が失われていればこそ、それに代わる家庭維持のエネルギーとして、経済力がつくりだす物質生活の豊かさが必要以上に求められます。それを夫が必死に働いて実現し、妻はそのための家庭環境を、寂しく退屈でやり切れない思いをこらえながらつくっていきます。いや、最近は夫婦ともに仕事に熱中し、社会的な関係のなかで別々の目的をもちながら、割り切った関係で生きることが中年以後の現代的な生活なのかも知れません。より豊かな暮らしは、より良い生活となり、より良い子供の成長に役立ち、より安全で確実な老後の生活を保障すると考えます。

それがより良く生きていくことなのです。より良くは、より贅沢な生活を築き、より教養のある自分を形成することであり、より健康な身体をつくり、より長く生存を維持することです。その人生に価値の悦びはあっても、性で生を表す歓びはありません。「女に生まれて嬉しい！」と女に実感させることで「男に生まれて嬉しい！」と感激する男と、「男に生まれて嬉しい！」と男に実感させることで「女に生まれて嬉しい！」と感激する女の、恋の歓びはないのです。

男女の関係に恋が絶対的な意味をもたなくなれば、常に恋を大切にしようとする努力が怠られて、夫婦の間から「たまらなく好きだ」「とても愛している」という意の言葉が交わされなくなります。恋の言葉が交わされなくなれば恋心も失われていき、しだいにその言葉を口にするのが恥ずかしくなっていくでしょう。恋心がないのに愛の言葉を口にするのは偽りだと感じられるからです。やがて、恋する喜びも忘れられます。結果は、家庭のなかで優しい言葉や細やかな心遣いが失われ、男女の恋の世界が消え去り、生活が責任と務めではたされる家庭が現れます。そこは仕事で疲れた身体を休める場所となり、できるだけ労力を省いた家事をする所になっていきます。暮らし全般が価値への執着でおこなわれるようになれば、与える喜びが、与えなければならない苦しみと感じられるようになるでしょう。「夫婦の関係は寛容と忍耐の精神で維持される」と昔から言われていることが実感されだしてくるのです。

そうした時、誰でもが一度や二度はフッと「夫婦って何だろう」と考えます。ですが、「俺たちだけじゃない。世間の皆んながそうなんだ」と考えて、夫は仕事に生き甲斐を感じようとしたり、酒や賭け事の遊びで不満をまぎらわせます。妻は子育てから手が離れれば、パチンコや習い事に熱中したり、パートの仕事に精を出します。そして「夫婦とは何か?」の答えを見出せないまま、夫婦でいることの虚しさや寂しさがつのり、夫が浮気をしたり妻が不倫をする原因が醸成されていきます。その結果が離婚に至ったり、または離婚といった明らかな状態にならないものの、実質的に夫婦関係が破綻していながら、外見上は円満な夫婦を演じることになる家庭が数多く出現することになります。夫婦をはじめ、親子、兄弟が、争い苦しみながら生きることになり、その深まりと広がりが、事故、事件の溢れる地獄の社会現象となるのです。不平不満から殺人まで、人間が意思と目的をもって行う自己と他者を害する行為のすべての原因は、その根源をたどれば必ず男女の性に、その関係を決定する恋の有無に源を発すると断言できるでしょう。

6 親と子

辛く悲しい夫婦の生活を最後につなぐもの、それが子供への愛情です。夫婦は、わが子に対する愛情のため犠牲をいといません。私たちにとってわが子のために払う犠牲は、犠牲と感じられず楽しみや喜びとして感じられるものだからです。

価値の悦びに生きる私たちは、親子の関係を血肉の関係とみます。自分の血を分けた分身である子供、自己の生命の継続を実現する子供というように。

結婚の目的が、つまるところ生命の存続と継続にある以上、生活の豊かさや地位、名誉の獲得は生命の存続に何よりも大切なこととなり、子供の成長と将来は自己の生命の継続に何よりも優先されるべきものになります。したがって親の愛情は、子供が自分たちよりも高い教育を受けられるように、その実現にむかって表れることになります。教育ママや企業戦士として、夫婦が苦しみや辛さをいとわず必死に頑張るのもその目的があればこそでしょう。

子供が生まれれば、その目的である子供の健やかで優秀な成長を達成するために、夫婦の愛情は新婚の頃から、その手段として機能するようになっていきます。神仏で、婚姻の制度で、結び付けられた男女の恋はまた、二人の間に子供が生まれることによっても軽視され、無視されるようになって疎外されていきます。自分たちの新たな命が、愛が、現れたと感じられ、強い夫婦の絆を子供だけで感じるようになるからです。そして、互いの愛情が子供に集中されて恋心が急速に親子の愛情に変質していきます。夫婦に男女の恋が薄れ、性の歓びが消えていきます。最初の一歩を間違えて出発したがために、夫婦の結婚生活は、以後十重《とえ》二十重《はたえ》の悲劇に包まれることになって失望し、絶望することになるのです。そうなれば、家庭の維持が、夫婦の生き甲斐が、子供の将来への期待や、願いの中に見出されていくことは当然なことになるでしょう。つまり、夫婦の関係から、男としての、女としての、自己の存在意味を見出すことができなくなり、それを互いの夫婦関係から求めるのではなく、親子の血肉の関係から求めようとすることになるのです。それが、子供への過大な親の愛情となって表されていきます。

私たちは子供への愛情を過剰なほどいだいていますが、それを子供の幸せのために表すことができません。「幸せ」というものが何なのかを知らないからです。私たちが確信や信念をもって「これだ！」といえる幸福を見出して生きていないために、自らの生き方を基準として子供を育てることができないのです。そのために、その基準は自己の価値観ではなく、他者の基準を参考にすることになり、結果的に社会一般で重要視される価値を自分たちの価値観として、子供への愛情を表さざるを得なくなります。多くの親たちがそのように考えて子供を育てれば、社会一般で価値とされる金や物、地位や名誉という財産や権力を得るために、より高い学歴を身につけさせようとすることになります。そうなれば価値世界のなかで、大人の社会から子供の社会へ競争や闘争がより激しくなって波及していくことは、火をみるよりも明らかでしょう。

その因果が、子供の熟通いや受験戦争の社会現象となって現れます。しかも、その現象は、親の子供への愛情という、自己の生をより良く継続したいとする父母の抑えられない強い欲求で作られたものであるため、競争が激しくなればなるほど、困難であればあるほど、子供を勝ち抜かせることが親の愛情の証《あかし》だと考えることになります。また、その欲求や愛情は両親の現状が不満や不安であればあるほど、未来の自分である子供には、現在の自分よりも高い満足と安心を与えたいとする欲望として強まりもします。

いじめ、登校拒否、シンナーの吸引、暴走行為、万引き、不純異性行為、暴力など、数えきれない子供たちの悲しい現象の裏側には、両親自身と互いへの失望と不信、夫婦の偽愛と絶望が見えます。

もし、私たち親に、自己への信頼と確信、男女の性と恋の歓びがあるなら、子供への愛情は「自分たちのように」育って欲しい、生きて欲しいと考え、そのように養育することで表されるでしょう。そうではなく「私たちよりも」と考えて子供を養育するのは、自分たちが確信をもって生きられず、幸せな生活を送れていないところから起きてくる現象です。しかも、現在はそうであっても、やがて確信と充足の有る生き方ができると、自らを、互いを、信じられるのであれば、親の願いや期待は子供へとは向かわないでしょう。少なくともそれは、努力や希望となって自己自身へ、夫婦相互へと向かうはずです。

男女が夫婦の関係から自己の存在意義を見出せずに、親子の関係で自己の存在意義を感じようとすれば、両親の期待や願望は子供へ想像以上の強い心理的な圧力となってのしかかるでしょう。

言い換えれば、両親の人間としての失われた存在意識を子供が代わって証明することになるのですから、子供に与え、課せられた責任は重大なものとなります。そして、何よりも恐ろしいのは、私たち親が、それを子供への限りない愛情の表れと考えて課していることです。

7　性と食

自然動物は空腹になると食べますから、食べられさえすれば形や味にはそれほどこだわりません。それは食欲だけで食べていることの証でしょう。人間も食欲を満たそうとして食べていると思えますが、考えてみると必ずしもそうとはいえません。私たちは味や美しさ、食べやすさや量にこだわります。決して空腹という状態だけを解消しようとするのではないからです。食欲と同時にそれ以外の「何か」をも充たそうとします。いや、もっと言えば食物よりもその何かを得ようとして食べるのだともいえるでしょう。ではその何かとは何でしょう。それは、人間だけが食物を調理して食べるという行為の中にみることができます。

私たちは食物を煮炊きします。調理をするのです。その食物は調理しなければ食べられないのかといえば、ほとんどの食物は食べようとすればそのまま食べられるものです。実際、他の動物は自然の食物をそのまま食べています。同じ動物でありながら人間だけが食物を調理します。そのままでも食べられる物を調理するのはなぜでしょう。食べ易くする。そうでしょう。美味しくする。そうでしょう。けれど、なぜ食べ易くしたり、美味しくするのでしょう。そうすることで多く食べられるのでしょうか。いや、食べる量は変わりません。では美味しく食べるためなのでしょうか。そうであれば、どのような調理法よりも空腹にするのが一番ではないかと思います。このように考えると、人間が食物を調理して食べるのは、食べ易くしたり、美味しくしたり、美しくするのが目的ではないらしいことが分かるのではないでしょうか。どうやらそれは、その「何か」を求めた結果として表れた現象のように思えます。

では、調理して食べることで求めるものとは何なのでしょう。人は「食欲で食べるのではなく、性で食べる」つまり、性で食べようとすることが、食物を調理して食べることになるのではないかと考えます。恋する私が貴方へ、自らの恋心を食物を調理することによって食べ物を恋の歓びに変えて伝えようとすることです。そして、調理された食物を恋の歓びに変えようとすることが食べることではないかと思うのです。ですから、調理で恋のために考えられた食物は、食べ易く、美味しく、美しくなり、栄養となって歓びになるのでしょう。そして、その歓びが表現されながら食べられた時、その相手の歓びが調理者自身に一層大きな歓びをつくりだすことになると思うのです。

人間の調理して食べることの根源は、私の恋の情念を貴方に伝えようとしたところから始まったと思います。性を恋で、命を歓びで充たそうとした結果、食物を調理して食べる文化が起きたと思うのです。人間だけが食物を調理して食べる根源の意味がそこにあるでしょう。

自分一人だけで食事をする時、私たちはどうするでしょう。残り物で済ますとか、パンやラーメン、もしくは店屋物をとって食べることが多いと思います。まだ一般の家庭のなかでも父親が一緒に食事をする時とそうでない時の料理は、量、質とも格段に違うということがよくあります。特に子供たちはそれを敏感に感じているでしょう。もちろん、調理することが趣味で、一人でもそれを楽しむという人もありますが、調理の腕を奪うとか、腕によりをかけてつくるという言葉は、一人で食事をするために調理をする時には使いません。不思議なことに、そのような時にそのような言葉を使えば、虚しさが広がるのです。その言葉が歓びと充実感をともなって感じられる時、それは、その人にとって一番大切な貴方をもてなす時でしょう。私の心を食物に込めて貴方に伝える行為が調理だと思います。

8　欲望と金

しかし今、私たちは食べ易く、美味しく、栄養を目的として、すでに加工された食物を食べています。家庭のなかでも、すでに美味しく栄養豊富に加工された食物を簡単に便利に調理するのです。これはもはや調理とはいえないでしょう。

結婚の章でも話しましたが、男女の生活が契約で営まれ、義務感で食事が用意され、権利で食べることになれば、それは料理とは呼ばず加工食品と呼び、食事ではなく食餌と呼ぶべきものでしょう。インスタント食品が氾濫し、惣菜屋や弁当屋が繁盛を極め、台所から刺し身包丁や出刃包丁が消えていき、電化製品が台所に鎮座する現象はそれを如実に示すものです。そこには料理の歓びも、食べる歓びもない、ただ食物の効率的な加工と食欲の満腹だけが有ります。そうであればこそ、調理をして食べるのは時間もかかるし、手間もかかるという考えや、後の洗い物やかたづけ物が大変とも思うのです。食が義務や権利によって作られ、食べられることになれば、食べ易さや美しさ、美味しさや栄養は、便利さや効率を追求して加工されることになるでしょう。それは理性や合理性を表しはしますが、決して恋心や歓びを表すことはできません。

そうなれば、空腹を満たすことはできますが性を充たすことはできなくなります。美食や飽食への欲求は、そうした性を充たせない食事によって起きてくる欲望だと思います。その欲望を食物だけで充たそうとすれば、めずらしい食物や、必要以上の味の良さと種類で充たそうとするようになるでしょう。失われた恋の歓びは豊富な食物で代替して満たそうとされるからです。郊外にファミリーレストランが乱立し、街中に高級レストランが林立して酒と食物が溢れる食文化が隆盛を極めるのも、食欲を満たそうとして現れた現象ではないでしょう。性からもたらされる恋の歓びへの飢餓感を充たそうとして現れた現象だと思います。

その食の需要をまかなうために無数の食物が人工的に生産されます。四季に関係なく管理されて栽培される野菜、各種の防腐剤、着色料、発色剤などの薬物で加工される食品、野菜、魚、肉、果物、どれをとっても、味や美しさ、珍しさや種類の多さを求めて、薬物と縁のないものはなくなってきています。多くの食物の形と色と味は人工的に作りだされ、自然のままの色や形や味は見向きもされなくなっていきます。直線的な胡瓜や大根、肉厚なトマト、種のないぶどう、甘さを増したりんごやみかん、霜降りにした牛肉、脂の乗った養殖魚など、より美味しい、見た目の良い食品をめざして品種の選別と改良が必死に目指されます。ましてや傷物、虫食いのあるものなどは商品としての価値を失うのはいうまでもありません。また、国内で供給が出来ないものや不足するものなどは世界中から膨大な量が輸入されてきます。知識や技術の粋を集めて、より美味しい、美しい食物を人工的に開発し、美食や飽食の世界を広げるのですが、それらで欲望をとどめることはできません。

その美食と飽食の世界は食物を無駄に消費することで成り立ちます。食欲を充たすことよりも、味覚を味わうことのほうが重要視されるからです。嫌いな食物には手をつけなくなりますし、美味しくない食物は平気で残します。食べ物の美味しさや美しさに悦びを感じ、食べ物を残すことに豊かさや満足感を覚えるのです。

年配の人々は嘆くかも知れません。「昔はもったいないという気持ちがあった」と。でも、もったいないという言葉は、食料が不足していた時代にそれは貴重なものだという思いから使われたのでしょう。今も昔も食べものを物と見るのは基本的に変わっていません。

　この食物は妻の義務感から加工されたもの、あの食物は利益を追求して作られたもの、接待での料理は見返りを求めて提供された食物。つまり、それらはすべて何らかの見返りの価値を求めてつくられた食べ物です。単なる食べ物として、お金さえ出せば、見返りを与えれば、いくらでもつくられてテーブルに並べられるものなのです。そうであれば嫌いなものや美味しくないものは食べずに残し、残ったものは捨てても当然と考えるようになるでしょう。その料理は金銭で、価値で埋め合わせることのできる物なのです。せいぜいが損得や利害で惜しまれる程度でしょう。

　私たちは年間に約一千万トン以上の食料を食べ残して捨てています。これは年間の米の生産量以上のものです。そのゴミをどうするか、食物の生産を含めて、大きく地球環境の差し迫った問題ともなっています。「微生物で消えるゴミ」として、生ゴミを微生物を使って分解、消滅させる新マシンが登場したとし、そのマシンが高性能化され、全ての家庭に普及して生ゴミの処理が解決するとしても、むしろそれは、生ゴミを安心して捨てさせることに役立ち、より一層、美食、飽食の文化を広げるための科学技術として機能するでしょう。そして、食物に埋まりながら、私たちは食への欲望を限りなく深め、恋への飢餓感を強めていくのです。

　このことは自然の他の動物が食欲を満たそうとし、人間のつくった作物に被害を与えるのとは比較になりません。それらの動物は他に食べるものがないために作物を食べるのですが、人間は欲望を充たすために限りなく美食と飽食を追求します。それは、食べるというより、美味しさや美しさ、量や種類を楽しみ、残すことや棄てることの浪費や無駄を楽しむともいえることです。その美食と飽食の社会は、この世界のなかでその反面に目を覆うばかりのソマリアやバングラデシュなどという国々の飢餓の社会をつくりだします。そして、広く見れば地球環境さえも荒廃させているのです。

飽食の文化の中で食べられる食物は、いかに美味しく加工されようとも、物としての食物であることから変化できないため、食は満たせても性を充たすことができません。食物のなかに貴方への恋も、食べることのなかに私の恋もないからです。

調理によって恋に変えられた食物は無駄にできません。それは金銭で得られない、代えられないもの、性と恋によって物ではない食物とされたものだからです。食物のなかに恋の私と貴方がいて、食べる行為のなかに恋の歓びがあります。食物を捨てることは「貴方」を捨て「恋」を捨てて「歓び」を捨てることと同じになり、ひいては「私」を捨てることになると感じられるからです。

9　働くことについて

私たちは働きます。働くことですべての目的を達成できると考えているからです。生きることも、生きている悦びも働ければ実現されると思えます。そうでなければ私たちの国にこれほどの知識の探究や、物への執着によった経済発展が短時間では起こらなかったでしょう。それは目的の達成に、欲望の実現に向かって我を忘れて働いたからこそです。

仕事のなかで自己実現をしようとしてきたのです。この自己実現とは、価値の世界でより良い私を求めて悦びを絶対化しようとすることです。生き甲斐を仕事のなかに求める人たちがそうです。その悦びと悲しみは仕事中毒におちいり過労死で倒れていく人びとの姿に象徴されています。少なくともその人たちは働くことに悦びを感じ、仕事のなかで生き甲斐を見出して自己の実現をしていると思っているのでしょう。彼らの「自己実現」とは一言でいえば、優れた自己の価値創出能力の表現であり、実現だと思います。他者からの高い評価や賛辞によって測られる、理性的人間の機能の発揮を悦びとすることです。

それは、価値観でモノ化、機械化した自己の能力の実現に過ぎないのであって、いわば、自己が囚われている論理の威力の全面的な解放といってもいいでしょう。それを私たちは自己の実現と錯覚するのです。そのことは砂漠の中を蜃気楼に向かって懸命に歩き続けることと少しも違わないと思います。幻覚の中に他者の称賛と尊敬を受けながら、より良い理性的人間の機能の発揮のために全力を尽くし、仕事に命を捧げ、真実の歓びを感じることなく自己満足と孤独の過労死に倒れていきます。その後に残るのは会社の利益と、妻子の悲しみだけです。

働くことのなかで「自己実現」は決定的に「自己喪失」をさせていきます。このことは、人間が目的の達成で悦ぼうとすれば、常に悦びの対象を失って新たな目的を作りださなければならなくなることから必然に起こることです。その意味で競争原理につらぬかれる現在の自由経済社会は、強者、優者、勝者の生存を維持し、価値の悦びである理性の存在を現すことにおいて、見事に効率的で合理的な社会だといえるでしょう。本来、私たちは性の表れ、歓びの表れなのですから、金や物で悦びを表していけば、ますます自己の性やその歓びを喪失していくことになります。価値の悦びを追求し、世界有数の経済大国を築き上げて来ながら、なおも満足できずにより一層の豊さを目指して、苦しみや悲しみを深めているのは何よりもよくそれを物語っているでしょう。

自由経済社会における企業の生存は利潤を争奪して勝ち抜くことで初めて許されます。敗北は企業の倒産をもたらし、消滅を意味しますから、勝ち抜くために企業利潤の追求は第一の目的となって、その実現のためにはあらゆる手段が求められます。より良い物をより安くするために、より多く作り、より多く売る。そして、より少ない経費でより多く儲けます。この「より」というのは、何よりもの「より」ですから比べたり、競争したりする価値の本質を如実に表す言葉でしょう。私たちはこの「より」の言葉を唱えながら働き、そして生活します。私たち自身がまず生存することを第一の目的としているために、生存を維持しより豊かにするための経済的労働は、美徳であり、善であり、崇高であるというスローガンに簡単に呪縛されます。

10　呪縛される会社人間

過労死をする会社人間や企業戦士を日常的な時間外労働、休日労働、夜間労働がつくったとして、それらの過剰な労働時間をなくせば会社人間や企業戦士がなくなると考えているようですが、この考えは大きな誤りです。過剰な労働時間が会社人間や企業戦士をつくるのではありません。会社人間や企業戦士が過剰な労働をするのです。そして、彼らはその過剰な労働を喜んでします。労働の中に生き甲斐を求めて企業の中で「自己実現」をしようとするのですから当然でしょう。呪縛された労働意識をもった人間は働かずにはいられません。労働を失うことは生存を失うことにとどまりません。競争によって存在が現れている価値の世界では、それは同時に価値で現れる私の世界さえをも失うことを意味するからです。

そのような人たちで組織される会社とはどのようなものでしょう。会社は企業法人と呼ばれるように、自然人ではありません。その本質は、人間が法に則ってつくりだした組織体に、人間が権利や義務を与えた便宜的な存在にすぎません。つまり、人間が人間のために論理的につくりだした創造物なのですから、それはどのように変えられようと、また有ろうと無かろうと都合によって人間が自由に裁量できるはずのものです。

しかし、人間が自由に裁量できる、単なる創造物であるはずの企業が、価値の世界では圧倒的な力をもって創造主である人間を支配するのです。なぜでしょう。それは人間自身が価値と化しているからです。人間が価値によって悦びを表して生きていく以上、その価値化した存在と生存を、競争を通じて保障する企業は「物と物は価値によって関係が位置づけられる」という価値の原理によって、人間の生を支配する権利を人間によって付与されるのです。

企業は物を製造したり、物を売りながら利潤を生み出すことで企業維持をはかりますが、それは経済的な戦いを勝ち抜くという競争の結果によって得られます。そして、その結果を得るために規模の利益を追求します。組織的に見れば、一人の強者よりは十人の弱者の集団のほうが強くなるのです。しかも、集団の中の一人の弱者は集団に所属していることによって、集団の力を自らの力とすることができます。それも、集団の力をより強く自らが感じようとすれば、自らはより強く集団と一体化しなければなりません。人間の生存と存在が価値で表れ、その世界が必然に競争原理で覆われる以上、優勝劣敗を争うために個人は企業に所属して、その中でより安全確実に価値の世界を生き抜こうとするのは、歓びを求めて悲しみを避ける自然人の本性からしても避けられない生き方となります。したがって、自己の存在を喪失させればさせるほど、新しく集団としての強い自己が現れてきます。それは生存と存在のために自らを企業に同化させることで、自己が個人から集団的自己へと新しく生まれ変わろうとすることを意味しています。より強く、より優秀で、より大きい企業に入社することは、自らを強く、優秀で、大きくすることと同義となり、より安全な生存と確実な存在を保障する手段だと意識することになるからです。そうなれば、自己が企業で企業が自己となりますから、法人である企業を貫徹する「敗北は企業の倒産をもたらし消滅を意味する」という冷徹な競争原理は冷徹に個人を貫徹することになります。そうなれば、企業の発展なくして個人の発展は有り得ないという論理が、絶対の論理となって個人を支配することになるでしょう。

過去の景気と不景気の循環も、先のバブル景気とその崩壊も、その根本には私たち自らが「今日、自ら」の歓びを抑圧し、目的にした欲望を「明日、仕事」で達成しようとしたことから起きたことだと思います。そのためバブル景気のときには一時的に会社だけが豊かになり、働く人たちにはその豊かさが配分されなかったのです。企業の発展なくして個人の発展は有り得ないという絶対の論理に、私たちが支配されることによって、企業の利益が必然に優先されたのです。

企業は得た利潤を社員に分配せず株や土地、建築物に投資しました。まず会社が利益を大きくしてから社員に分配するという論理です。会社が儲けるその利益をもっと大きくしてから分配しよう、そうすれば社員の分配される利益もさらに大きくなるという論理が働きます。その結果、企業は手持ち資金の投資にとどまらず、借金してまで株や土地やビルに投資するということが全国的に行われ、それが個人をまきこみながらバブル景気を招来し、株や土地や住宅をはじめとする多くのものが高騰したのです。そして、バブルがはじけました。個々の働く人たちが懸命に働いて企業が内部留保してきた莫大な利益は、企業のために使われて失われ、しかも、その失われた莫大な金は土地や住宅を高騰させて、働く人たちの手の届かないものにする役割を果たしました。

そのような状況を出現させた企業、証券会社、銀行の経営者たち、またそれらを指導する政府の責任は追及されません。追及されないのではありません。追及できないのです。その現象は、競争社会の中で総ての個々人が、自らのために自らの価値化した生存と存在を求めて自ら現した現象だからです。それは価値の原理によって企業の維持、発展が個人にとって第一の前提となり、企業の発展なくして個人の発展は有り得ないという論理が、絶対の論理となって人間を支配したことの当然な帰結なのです。

11　病について

現在、世界での私たちの国の平均寿命は男性が三位女性が二位（2018年統計）で、男女平均では世界一の長命を誇っています。このことは、必死になって医療技術の向上や新薬の開発を目指して病の治療をおこなっている結果でしょう。長命が最高の価値として考えられ、それを支える健康が何よりも大切にされる以上、今後も高齢化社会になるにしたがって医療費は増大の一途をたどると思われます。

しかし、この長命の実現はもろてをあげて喜べることなのでしょうか、私はここまで、人間が目的に生きながら欲望を生みだし、それを充たすために価値を競い争いながら、悦びのために悲しみや苦しみを作りだしてきたと話してきました。そうであれば長命の実現は、他者を悲しませて悦びを得るために、他者から与えられた苦しみを耐えるために役立っていることにならないでしょうか。いや、そうだからこそなおさらに「あした」「あそこ」で、いまの境遇を脱するために長命が必要とされるのかもしれません。でも、価値の世界では長命を維持しようとすればするほど、薬や医療に依存しなければならないでしょう。悲しみや苦しみの世界では病から逃れて生きることはできないからです。

ヒトは歓びによって自らの生命を、その形態を、サルから新化させたとも話してきました。そして、伸び伸びとした歓びと自由のなかでこそ、ヒトと呼ばれる生命体の新化は起こり得たとも話しました。しかも、その新化は生命体自らの歓びを自らの性で出現させ、出現させたその歓びの拡大高揚は、自らの生体を自ら変化、変質させることになったというものでした。発達、発展という概念があるとすれば、このような新化こその言葉にふさわしいと思えるのです。では、伸び伸びとした歓びや自由とは反対の、死や暴力による恐れや抑圧、競争や闘いのなかでの悲しみや苦しみは、人にどのような影響を与えるのでしょう。生命体のすべてにわたって新化とは反対の異常、奇形な状況や状態が内部（体内）と外部（環境）にわたって作りだされることになると思います。そして、内部でそれを表すのが病だと思うのです。

生の歓びの欲求に価値の原理で応えることは、身体自体にありとあらゆるストレスを集中させることになっていくでしょう。苦しみで身悶えし、悲しみで慟哭し、憎しみで身を焼き、怒りで身を震わせながら人生を生きることが、身体の側にどのような影響をもたらすでしょうか。いいえ、それだけではありません。私たちは食物を通じて薬物を多種多量に、恒常的に体内へとりいれています。その薬物は私たち人間が、害虫と判定した生物やカビなどの微生物を殺したり、発生を阻害したりする働きを狙って作りだした物質です。原理的にみれば一種の生物に対して毒となる物質はすべての生物に対しても毒となるでしょう。人間はその量の加減によって毒の働きを調節しているに過ぎないと思います。そうであれば、日常の食事で私たちが食物と共に体内にとりいれる薬物は、生体としての自己の身体に必ず毒の働きをしているでしょう。「毒にならない」とか「副作用は起きない」と言うのは、毒の効果と分かる状態で身体に反応は現れないという意味に過ぎないのだと思います。こうして私たちは、自己の生体をストレスで圧迫するだけではなく、直接に食物を通じて自分自身の体内に毒を盛るのです。

この世界は、全体に病を作りださずにはおきません。病は価値の世界に生きる人間の宿命です。そして私は、その宿命であるすべての病こそは、父母なる自然が、自然の子である人間を、命の本源、歓びの世界に導こうとして鳴らす警鐘なのではないかと考えます。「価値の悦びを求めて反自然に生きてはならない。自然の子は自然の性の歓びに生きよ」と教え導くための自然の声が、病の現象として現れているのではないかと思うのです。

12　科学医療と人間の自然性

私たちは自らの手で自らの生体に病を作りだしておきながら、その病を、ウイルスや病原菌など自然界にある悪性物質によって引き起こされると科学的に考えます。ですから、病の治療はそれに冒された臓器の部分や全部を切り取って、ウイルスや病原菌を根絶すれば治療できるという論理で行われることになります。そのため原因になっていると考えられる物質的な因子をかぎりなく、ミクロな世界にまで追究して探し出します。科学的に探し出した物質的な病原因子には、これまたその科学力でそれに抵抗する因子であるペニシリン、ストレプトマイシンなどの抗生物質を作りだして人の体内に注入し、二つの相反する因子を体内で戦わせることで病を治療しようとするのです。

抗生物質は、生細胞によって生産され、微生物など生細胞の発育および機能を阻害する物質、というように考えられています。自然の生命体は、このような強力な毒物には近づかず遠ざかることで自己の命を守ります。自然界に毒が存在することの意味は、その毒に生命体を近づけて殺すことではなく、それから遠ざけて両方の生命を守り、生かすところにあるでしょう。体外の毒物を意図的に体内に取り入れ、毒物の作用を体内で積極的に起こさせる生物は人間以外にないと思います。病は人間の自然性のなによりの表れですから、その病を消滅させようとして体内で毒を積極的に作用させるのは、自己の自然性を否定する生命体の自殺行為に等しいというべきものではないかと思います。

また、私たちは、ヒトの身体にそなわった自然治癒力を薬物で強制的に興奮、抑制、刺激して働かせることでも病に対抗します。これは、身体の外部から薬物によって、生体の自然治癒力を機械の機能のように自在に操ることだと思います。このような薬理作用によって生体の治癒力に影響を与えつづけていれば、やがて治癒力そのものの能力が狂わされていくことは明らかだと思います。薬物への耐性が表れて効き目が薄くなったり、反対に薬物の効果が強くなったり、薬物そのものに対してもアレルギーをおこし、植物の花粉にもアレルギーをおこすようになってきているのです。それはおそらく、ヒトの遺伝子や生体に備わる免疫能力に異常がおこりつつあることの兆しでしょう。それらの異常は先天的で特殊な体質に原因していると考えられていますが、決してそうではなく、ごく一般的で普遍的な異常として、時代とともに深まり広がっていきつつある現象だと思います。アレルギー現象が薬物の体内への摂取や注入と無関係だとは誰も言えないでしょう。私たちの身体は、生き方と薬物の影響でその自然性を破壊されつつあり、その影響は父母から子へ、子から孫へと確実に進行していると思われます。

免疫能力といえば、現代は臓器移植によって手を創りだす時代です。体内免疫の自己と他者を識別する能力を免疫制剤を使って抑止、あるいは停止させ、他者の臓器を自己の臓器とするのです。ここには自己と他者がありません。生体が根源的にもつ自他の識別能力を喪失させて、自己であって自己でなく、他者であって他者でない混沌とした虚無の生存状態を作りだします。

人間はすでに意識世界で「貴方」を喪失することで「私」を失い、男と女の性を喪失して一人一人がそれぞれ盲目的に自ら定めた価値の悦びを目的として生きています。それを私たちは価値観の多様化といい、個性的で自由な生き方だと考えていますが、それは生き方の多様化を表すものでも個性化を示すものでもなく、まして自由と考えられることでもないでしょう。今は性の表れである貴方と私によって生まれる絶対の歓びと自由の現象です。その命に性の男と女が失われているのです。そうなれば命の絶対な意味が表れなくなるのは当然でしょう。代わってその命の精神世界には混乱が、迷走が、混沌が現れるのです。その混乱、迷走、混沌を、私たちは多様化、個性化、自由と考えようとするのです。

すでに意識世界でおきているそうした狂乱の現象を、いま、生体の世界でも自己と他者の識別能力を喪失させ、臓器を移植することでおこそうとしています。自己と他者を識別せず、またそれを必要としない生命体として、精神と身体の両方の分野で徹底した絶対の虚無に生きようとすることが、全面的に反自然な生命体として、倫理的な考えのもと博愛の精神によっておこっているのです。価値の世界は目的を達成して生きることで作りだされました。その目的は、死に対照されたドキドキとした悦びの主なのですから、死者の臓器が生者の臓器とされ、死によって生が作りだされることに何の不思議もありません。意識の世界での貴方と私の性の喪失が、身体の世界で他者と自己の生の喪失となって完結するのは論理的で当然な帰着だといえるからです。臓器の移植は、私たち人間の生き方を死によって生を対照し、命を価値で対照し、性を理性で対照するという意味において象徴的に表している現象だと思います。

13 医療機構のために生かされる人間

医療の世界は、製薬から投薬まで、機器の製造から使用まで、外来から退院まですべての機構と機能が経済原理によって構築され、維持され、貫徹され、呪縛されています。人間の生と死が経済の原理に翻弄されるのです。

医療によって病を免れ、死から逃れようとすることが反対に健康から遠ざかり、生を苦痛にまみれさせることになっていると思えます。自然は病によって苦痛や不快感を与えることで私たちに生き方を変えるように迫っているのです。その警告を無視して、私たちは生き方を変えずに病だけを治療しようとして、薬の副作用で強烈な不快感を覚え、身体を針や管やチューブに取り巻かれるスパゲッティ状態に陥れ自らを身動きできないようにしながら、いよいよ病を深め苦痛を強めています。そのようにして実現される世界一の長命とは、人生を世界一残酷に、悲劇にしているともいえるのではないでしょうか。

いま、私に最も大切なことは、寿命を九十年、百年と延ばすことではないでしょう。五十年の人生も百年の人生も、ただ、生まれて生きて死ぬだけならば、その違いは五十年の時間の中で起きて消えていった出来事だけの違いです。過ぎてしまえば一瞬の時間としか意識されないでしょう。戦国時代の英雄と呼ばれる織田信長が好んだという幸若舞の「人間五十年、下天のうちを比べれば夢まぼろしのごとくなり」という『敦盛』の一節は時代を超えて現代にも真実として聞こえ、人生が百年となっても、夢まぼろしのごとき時間になんの変わりもありません。人生の時間的な量をどのように増やそうとも歓びのない量は人生としての意味をもたないと考えます。

生きるということは、生きながら生きたと完了形で言える、歓喜の時間を生き続けることでしょう。私には世の中に病が溢れれば溢れるほど、その病は、男と女として命に性を取り戻したいとする生体の必死の叫び声が、強く表現されている証なのではないかと強く思えるのです。

男女と社会

1　出産の現象と増加

いま私たちの国では出生率の低下が問題となっています。一・四二パーセント（2018年統計）を切った史上最低の出生率の低下をとめて、高めるために女性運動のリーダーたちは「安心して子供が産める社会を！」などと声高に叫びます。また、識者も育児の負担を軽減できるように社会的な制度や政策を充実させなければならないと考えます。

しかし、どのようにそれらの対策を充実させようともそれによって出生率が恒常的に高まっていくことはないでしょう。価値文明の発展は人の命と性の自然性の衰退、喪失によってもたらされるものだからです。

自然な状態での生命は、環境のなかで食が満たせるときに増殖し、食が満たせないときには減少します。ところが、人間の場合は食が満たせる（文明が発展した）ところでは人口の増加が抑制され、食が満たせない（文明が発展していない）ところでは人口が爆発的に増加するという逆の現象がおこります。それは、人間の精神世界が論理による価値で表れているからです。

繁栄する地域では価値を創造し、それを争奪することで悦びを覚えなければならず、このため男女の恋情は理性によって疎外されて出産の減少となります。私たちは自己の命を価値である悦びで表現して生きています。そのため、価値に生きる命は価値観で出産を考えます。義務で産み権利で産まず、得だから産み損だから産まないと考えて出産し、あるいは堕胎を選択します（堕胎が容認されているのは命が価値だからです）。価値の命は価値観で養育されることになるため、産んだ命の辛く負担に感じる子育ては社会的な制度や対策を充実させれば軽減できると考えられます。しかし実際にはそれらがどのように改善充実されても、価値観で出産した夫婦に育児を苦労や負担だと感じさせないようにするなどということはできません。育児の苦労や負担感はすべて子供への愛情の欠如、つまり親である男女の恋の情念の欠落からおきる辛さや苦しみだからです。ですから、繁栄する地域では理性が高められているため、本来は男と女の性の歓びである出産や子育てが、価値観から重労働と考えられ負担や苦労という不快感になって避けられ、必然的に少子社会となります。

一方、貧困地域の人たちは物質的な価値が奪われているため、多くの人が貧しさのために悲しんだり苦しみます。物質的な欠乏は悦びの欠乏となりますからその精神世界に価値（悦び）の飢餓が表れます。そして、それを解消しようとする手段をもてないとき、その飢餓は世界である命の危機感となって表れて性欲を刺激します。貧困による悲苦という精神的な強い不安や不快感を解消するため理性によって肉体の性的な快感が欲求されます。貧困のなかで子供が生まれればますます貧困になり、その深刻化する貧困はいよいよ命の飢餓感を強め性欲を刺激するという循環になります。貧困地域での人口爆発は、価値の窮乏で理性に表れる命の恐れや危機感が性を圧迫刺激しておこります。

貧しい地域の人たちは悲しみや苦しみから逃れようとして、より悲しい生命を生みだします。繁栄する地域の人たちは物の豊かさのなかで悦びを争奪しあいながら、子供も親もそのまた親も命を理性に変えながら歓びを失うのです。どちらも苦しみと悲しみの命であることは変わりはありません。男と女が自然な性を失っているためにすべての命が悲しみとなっていくのです。

2　高齢化社会

いま、高齢化している社会では年金制度を改革し、高福祉、高負担の掛け声で消費税を高め、高齢者が働けるように産業構造を変えていくなどの様々な対策を進めています。たぶん豊かな高齢化社会となってきているのでしょう。新聞の投書欄に目をうつせば、親は子供を育てたのだから老後の面倒を見てもらう権利があるという主張や、子供は社会の宝であるという意見がみられます。男女は自分たちの老後のために子供を産み、社会のために子供を育てるという考え方が多いように思います。だからこそ子育てに社会的な施策が強く要求されるのでしょう。これは子供を自分の老後の保障の道具にし、社会を豊かにする手段だと見ていることにならないでしょうか。

その考え方は子供に価値の創出能力だけを要求します。その能力だけが先進的な科学技術を開発し、経済活動を活発化させ、豊かな家庭や社会を実現できると考えるからです。したがって、効率的にできるだけ少なく子供を産み、その子供に集中的に投資をし、高い知識を身につけさせて価値観を磨きます。その結果は、いよいよ合理的、効率的な考え方をした人間に育つでしょう。その子もまた、理性によって自分たちよりはと考えて子供を育てます。

他のどのような生き物が子供を老後の保障のため、社会を豊かにするためと考えるでしょうか。自らが親のために生き、社会のために生きたことで子供にもそのような生き方を望むのです。自らが他者や社会のために犠牲となって生きれば、必ず他者にも同じ犠牲の生き方を求めることになります。すべての人がすべての人の犠牲となり、それゆえに虚ろになった自らの心の空洞を埋めようとして他者の犠牲を必要とすれば、すべての生は犠牲を犠牲で満たし、苦しみを苦しみで満たし、悲しみを悲しみで満たすことになるでしょう。理性で生きれば家庭や社会は物の豊かさで溢れますが、命は虚無の世界で悲しみや苦しみに泣き叫ぶことになります。理性は物には絶大な効用は表せても、人の心にはそのように表れません。理性の悦びは悦びからもたらされるのではなく、必ず他者の悲しみや痛みからもたらされるものだからです。

すべての価値の悦びの行為が、善悪を考えなければ行えず、損得を思わなければ実行されず、約束しなければ履行されず、法の拘束をともなわなければ実現しないのは、その行為や生き方が悲しみや苦しみを内包しているからに他ならないからだと思います。現在も私たちは親の遺産を兄弟姉妹で争って憎みあい、孫は祖父や祖母を汚いといって部屋にいれようとせず、老いた両親はお金がなくなったら邪魔者にされると恐れおののいているのです。損得でみれば老いた親は迷惑でしかありません。このまま男女が性を喪失させて理性や価値観だけを高めていけば、豊かな高齢化社会のなかで高齢者が働きづめに働いて、財産だけを頼りに孤独な老後を生きたり、病に冒されれば役立たずと罵られてお迎えを切望し、老化によって能力が衰え働く意欲をなくせば家族からも見放され、放浪し孤立する人たちが続出する社会になると思います。

3 景気と不景気

バブル景気の反動で、現在も長い底無しの不景気がつづいています。これもまた、私たち自らが目的にした欲望を「明日、仕事」で達成しようとしていることから現れているからでしょう。目的が明日、仕事で達成できないと感じられれば、私たちは「今日、自ら」の悦びをなお一層抑圧して頑張ろうとするのです。会社が生き残るために社員の解雇や雇用の取り止め、給料の減額や遅配をしても個人は耐えなければなりません。会社が倒産すればすべてが失われると考えるからです。人生でのいちばん楽しかったはずの時間を犠牲にして、営々と働いてきた中年以降の人たちが職を追われようと、今度は自分の番かもしれないと恐れながらも会社に残る人たちは何もいえないのです。多数を守るために少数の犠牲は許されるという価値の原理、闘いの論理がすべての人間の思考を貫いているからです。

好景気のときには目的が達成できるという安心感が需要と供給を盛り上げます。不景気のときには目的が達成できないという不安感が需要と供給を冷やします。強気と弱気、得と損の循環なのですが、その循環は目的の達成である価値の悦びをめぐって起こります。価値の悦びが信頼されているとき、例えば、次々と目新しい製品や商品が開発され使用する悦びが作りだされているとき、私たちは価値を求めて好景気を現します。

　しかし、目的と欲望のところで話したように、目的は達成されたと同時に悦びの対象を失うのです。後には達成された価値の悦び（作りだされた製品や商品、所有されたそれらの物）が残ります。これらはすでに目的の達成によって所有されたものですから目的とはなりません。時間とともに所有された物の、価値の減衰がはじまり、悦びの欠如が広がっていきます。もし、新たな目的である価値の悦びが定められなくなったときどうなるでしょう。生きよう、歓びたいとする命の欲求が悦びを補充できなくなりますから、ドキドキした生の悦びが実感できず、価値への信頼が揺らいで心のなかに不安感が広がります。その不安から逃れようと、人間は理性の世界で懸命に新たな悦びを作りだすか、作りだされるのを身をひそめてじっと待つのです。それができるまでは不安で動けません。目的に生きる人間が目的をなくせば動けなくなるのは自明なことでしょう。

　このように景気、不景気の循環は、人間集団の価値への信頼とそれの揺らぎから起こる不安という心理状態が経済現象に現れたものです。したがって、物や金で表される経済の景気、不景気は表面的な現象にすぎません。その基盤には経済を経済に、市場を市場として機能させる制度への不信が、そして、その制度の根底にある、制度を制度として機能させる理念への不安があります。特に世界一、二位の経済大国になって起きた今度の不況は、自由経済や民主主義という制度や体制を成り立たせてきた西欧近代思想という理念、哲学への信頼が揺らぎつつあるところから現れたものだと思います。その西欧思想は人類の過去の価値観を論理的、合理的に集大成したもの（これについては宗教のところで触れます。）ですから、価値の原理が内包する、競い、争い、戦う矛盾や相剋は、それをどのような言葉や考え方で飾ろうとも現象として現れざるをえません。不況もその一状況です。

価値観で行われる政治、経済の信頼は競争力で得られ、競争力は最終的に武力で表されます。したがって、究極的には死によってドキドキした悦びを表すことのできる強者だけが経済の繁栄を独占できることになります。価値の世界でこの強者の繁栄をくつがえす方法はただ一つ、武力の行使があるだけです。決定的な死や敗北を避けて生きる以上、弱者は強者の覇権の範囲で、自然現象や人と人の利害、社会と社会の利害、国と国の利害などと、持っている力の程度に応じて影響をあたえあいながら、景気と不景気を繰り返していかなければなりません。

私たちは善や悪が普遍的に通用すると考え、努力や誠実が必ず通じると信じます。一つの例として、一九九二年十月に米国バトンルージュで日本の留学生、服部くんが訪問先の家を間違え、侵入者として射殺されました。相手が銃をかまえて警告していても、自分が何もしないかぎり撃たないと信頼して近づいたのでしょう。そこには人間に対しての素朴な信頼があります。国家的にも、米国との間に人間への信頼にもとづいた平等と友愛のパートナシップを築いて、産業力や科学技術力の発達で武力を超越し、対等な関係をもてると信じました。

その私たちが素朴にいだいていた平等への幻想が、友愛や自由の幻想が、人間への無垢な信頼が、平等を装い、自由を装う、究極的には武力だけを信じる価値の国、アメリカの力（自動車輸出の自主規制の強要、スーパ三百一条での威嚇、円高の誘導、産業系列や商習慣などへの内政干渉、米国主導のウルグアイ・ラウンド等など）によって打ち砕かれつづけたことが、いま陥っている長い不況の真の原因だと思います。

私は、私たちの国を話すのに「素朴」で「無垢」という言葉を使いました。この言葉の示す内容は、西欧の論理の世界から見ると理解しがたいものと映り、形容できない不思議さに見えます。なぜなら、私たちは意識の基底に、論理を超えて大切にしなければならないものを持っているからです。しかし、それをもち、それの実現を望みはしますが、実現する方法を知りません。それは何かといえば「和」です。または「平和」といってもいいでしょう。

4　日本の理想は平和

日本という国は地勢学的にアジアの辺境、それも南北にのびる島国です。私たちが漢字を知り、政治を知り、貨幣を知り、仏教を知ったのは中国から、または朝鮮を経てでした。進んだ文明、文化は常に大陸から遅れて入ってきたのです。日本民族は有史以来、自らの内発的な力で論理的な文化、文明をつくりだしたことはありません。作家の井沢元彦氏は、聖徳太子の書いた十七条の憲法が第一条に「和を以て貴しとなす」という文章からはじまっていることを例にあげて、われわれ民族は論理よりも和を大切にしているということを述べています。多分、そうでしょう。日本人は決して論理で平和はつくりだせないことを深層心理で直観しているのだと思います。

その、もう一つの例として考えられるのは天皇制です。日本社会は、世界のなかで唯一、千五百年を超える時間を同じ血族の人間が連綿と君主の座を世襲しつづけています。論理で生きる社会では考えられず、有りえないことです。論理は必ず正邪を争わなければなりません。そしてその正邪とは、最終的に論理ではなく武力によって決定されなければならないものでもあります。論理の世界で生きようとするかぎり争いや戦いは必然です。その争いや戦いを民族の全面的な混乱や混沌にしないためには、論理と武力を超えるものが必要になります。そのためにつくりだされたものが、和への意志を象徴するものとしての天皇制だと思います。事実、天皇は千五百年以上の歴史のなかで大部分の時間は権力の圏外に置かれました。そうでなければこれほど永い命脈は維持できなかったでしょう。天皇が直接武力と結びついたのは、その成立過程を除いては明治以後から第二次世界大戦の終わりまでというごく短い、特殊な時期でした。しかも、その特殊な時期が現れたのは日本が西欧近代思想に汚染されたことが原因していると思います。

私は先ほど、自由な社会に生きようとすれば平和を殺し、平和な社会に生きようとすれば自由を殺さなければならないといって、その二つをともにこの世界へ実現させることはできないと話しました。したがって、私たち民族は自由と平和のうち平和を優先させようとしたのです。平和のために自由を束縛します。論理によって自己を主張せず、周囲や世間の人と同調し、妥協し、同化しようとするのは、争いを避けるためにどうしても必要なことになります。西欧から取り入れた民主主義とは、論理と多数決による力によって多数の自由を優先して実現させようとするものです。

しかし、私たちはしばしばその民主主義を、話し合いや譲り合いで自己を抑制しながら実現しようとします。選挙で選出された国会議員のなかから国の最高権力者を決める場合でも、何度となく選挙ではなく話し合いで決められてきたのは、選挙という多数決の原理が私たちに和をもたらさないからに他なりません。国の最高権力者であればこそ選挙でなく話し合いで決定しようとします。それは現在の民意を和によって全的に反映させようとする意志が底流にあるからだと思います。

また、日本人はタテマエとホンネを使い分けます。この考え方は価値の世界で平和を優先して求めようとするとき力を発揮します。そして、その場合、矛盾しないのです。なぜなら、平和の実現がもっとも大切なのですから、そのまえでは善悪、強弱、優劣、などは次善になるのです。

ですから、善悪、強弱、優劣、などを論理的に徹底して追求すると、必然に争いや戦いに行き着くため、明確な結論を避けてほどほどの状態で決着をつけようとします。悪く表現すれば、うやむやにするとも言えるでしょう。完全な善か強か優などの自由を実現するのではなく、悪や弱や劣などにも譲って平和のなかで次善を求めようとするのです。そのためには平和というタテマエのまえの善、強、優などという自由を表すホンネは「まあまあ」とか「抑えて抑えて」といって宥められます。

鎌倉時代の『徒然草』や『方丈記』などで代表されるように、歴史的に清貧は私たちの生き方の一つの理想でもありました。平和を至上とする考え方はとりもなおさず争いや戦いを避けるということです。そうであれば正邪や、損得、強弱や善悪という論理で生きるのではなく、それらを超えた自然の風雅のなかで生きることにならざるを得ません。社会や豊かさを捨て自然と自己を同化させ、生を超越することで死も超越しようとするからです。その生は自然のなかで孤独にたたずみながら生きるのですから他者や価値の世界から隔絶することでもあります。価値の世界で心の平安を求めようとすれば、侘しさと寂しさに孤独のなかでの宿命的なもののあわれを感じざるを得ないのです。そのような生き方から洗練されて現れた清貧を理想とする考え方は、少なくとも江戸時代までは色濃くあったと思います。

5　西洋文明に眩惑された日本

体質的に平和を求めた国がなぜ半世紀前に他国を侵略したりしたのでしょう。それは、日本人が江戸時代末期に知った西洋文明の物質的な豊かさに魅せられたからだと思います。彼らは、江戸時代の末期から明治の初期、本格的に西洋の文明と触れ合った時、その圧倒的な政治力、経済力、産業力という論理で築かれた西洋文明の表面的な豊穣さに眩惑されたのです。また、和を尊ぶ平和な生き方を異国との関係をもつための手段にはできませんでした。その豊穣さは眩惑と同時に、清国や東南アジア諸国が見舞われたような侵略と干渉の運命への強い恐怖感をも抱かせたからです。そのような、世界的な列強による植民地争奪の時代のなかで、日本は武力によって西洋の文明のもたらす物質的な豊さを実現しようとしはじめます。西欧の帝国主義を真似し、朝鮮や中国への侵略をつうじて列強に伍していこうとしたのです。その侵略は論理では行われませんでした。和を貴んできた私たちに理性から表れる真の論理性はないのですから、それは情緒や雰囲気で行われる他ありません。もし、私たちに真の論理性があったのなら、ロシア帝国や中国、ましてや国際連盟を脱退してアメリカと戦争をするなどということはできなかったでしょう。彼我の力を理性的、論理的に考えればその結果は明らかだったからです。先の戦争の収拾も軍人や政治家が論理によって決断したのではありません。天皇が論理を超えた和への意志によって決断したのです。その敗戦の詔勅に「耐えがたきを耐え、忍びがたきを忍び、以て万世のため、太平を開かんと欲す」という言葉があります。耐えがたいものは耐えられ、忍びがたきは忍ばれないのが論理です。それを、尚も耐え、忍ぶのは論理を超える他にないでしょう。天皇の言葉は私たちの非論理性を象徴するものだと思います。

6 米国の自由の限界

一方、平等を装い、友愛を装い、自由を装う、究極的には武力だけを信じる国、アメリカを偽りの国だと、武力だけに頼る野蛮な国だと非難することはできません。価値の世界で自由を至上として生きるかぎり論理を追求するのは必然になります。自由とはなんでしょう。それは欲望の実現です。

私が、「必要とされる倫理」「自由と法」で話したように、この世界で自由を実現しようとすれば、論理と、それから導かれる法、その法を法とする力が必ず要ります。自由は法のなかでのみ許されるのですから、法が倫理で決定される以上、自由は論理であることになります。アメリカ社会が訴訟社会であるのは故無いことではないのです。善悪をただし、強弱を争い、正邪を闘うのは自由を求めればこそです。自由は生であり生は自由であると意識され、自由の抑圧は死に等しく考えられます。自由のためには、論理に生きることになります。そうなれば論理である自由を守るために最後の砦として武力が容認されなければなりません。アメリカ社会が銃の社会でもあるのはそのためです。その社会は論理で構築されるため徹底して合理的でもあります。先の大戦で日本の敗色が決定的になっていても、論理で合理化できれば広島や長崎への原爆投下を躊躇しないのです。米国は理性的であり、正直であり、率直であり、近代的な国なのです。そこでは、富者と貧者、友愛と殺人、法と銃、孤独と連帯、建設と破壊、栄光と挫折、救済と堕落などの、すべての悦びと悲しみが自由の名のもと、勝者と敗者をめぐってありありと現れます。アメリカン・ドリームはまたアメリカの悪夢でもあるのです。

かの国の男女の恋の表現や親子の愛の表現は、映画やテレビドラマで見られるように、手を握り、あるいは広げて、キスし抱擁して自己の恋を愛を、言葉と態度で溢れるほどに表します。私たちはその愛の表現のロマンチックな美しさに魅了されて感動します。

しかし、それは彼らが溢れるほどの恋心をもっているから、溢れるように表現されるのでしょうか。そして、それは美しく感動を呼ぶような愛なのでしょうか。いいえ、きっとそうではないでしょう。それは恋へのかぎりない渇望の表現だと思います。愛への、強い不安と不信を表す、痛々しいほどの悲しさや切なさなのだと思うのです。もし、かの国の人たちの恋や愛がそのまま美しい言葉にされ、麗しい態度として表現されているのであれば、あれほどのアメリカの悪夢は起こらないはずです。彼らが実社会で理性を貴んで性を虐げ、恋を軽視していればこそ、自由や力を論理や合理を、勝利や成功を信奉することになり、よって競い争い闘わなければならなくなり、必然に悪夢は起こり、恋や愛への渇望が湧きだしてくるのだと思うからです。

7　契約について

性を喪失させた私たちは恋を失い愛を失って、その歓びのかわりに価値の悦びをめぐって競いながら生きています。人の命が価値の悦びで表れれば、その世界は命の自然な差異が不平等となり人と人の関係は必然に悦びと悲しみで対照的に表れなければならなくなります。そうなれば悦ぶため、悲しみから逃れるために競い争うのは人間の常態となるでしょう。したがって、この世界で争いを回避しようとすれば、倫理観から義務と権利という考え方を導いて契約で自己を拘束しながら関係する他なくなります。そして、理性で苦しみや感情を忍びながら、自然人ではない理性人として生きようとするのです。

欧米の社会は個人と個人の契約関係で築かれています。価値の悦びを争って生きているため、他者を全面的に信じることができないから、その不信を前提とし、争いを前提として剥き出しの人間どうしが理性で不平等に関係します。したがって、その契約が成り立つためには自己の論理性への信頼と力への依存が必要となります。契約は論理で構築される一方、力でも維持されるのです。西部劇に象徴されていますが、他者との不平等な契約の破綻は最終的に力である拳銃でフェアに決着をつけることになります。孤立した人間どうしが価値の悦びに生きる自己を、論理による契約の関係で平等にフェアに表そうとすれば、悦びや悲しみを超えてその究極で力の衝突に行き着くのは当然です。それは命が価値の悦びで表されるため、物から価値の優劣で悦びを覚えるのと同じように命からその悦びを覚えるためには、命と命を力に還元しなければ優劣が定まらず、最終的に勝敗は生死となって価値決着する他ないのです。

一方、私たちは欧米の人たちのように契約内容を日常的に文書にするということをしません。それは、互いの民族的一体性を信じて和を貴ぼうとする生き方から、その運命共同体意識を信頼して依存するからです。自己と他者がその意識に取り巻かれ、呪縛されていると無意識に認識しているため、あまり当事者間の契約を文書化する必要を感じないのです。むしろ、契約の内容を文書にすれば、他者と自己が運命共同体意識を消失させて、直接に争いを含んで力で関係することになると意識されるので不安が起きるのです。和を貴ぶ民族性は、争いを防ぐための運命共同体意識の倫理性の呪縛に依存して、自己と他者の直接的、剥き出しな契約の対立関係を隠蔽しようとします。私たちは欧米のように個と個の不信にもとづいた契約関係で築かれるのではなく、自他の論理と力を埋没させた民族的一体性にもとづいて、個と社会の呪縛的な契約意識で築かれていると思います。

8　喜びを隠蔽するもの

契約の意識は日常生活で喜びの表現を強く妨げます。

私たちは日頃、自らの喜びを素直に相手へ伝えようとしません。意識、無意識に自らの喜びが喜びとなって表れ、相手に伝わることを恐れるのです。なぜ、喜びを表現することが恐れとなるのでしょう。男女が性で結びついて共に生き共に棲もうとして築く家庭も、結婚の制度によって夫婦の契約となり呪縛となるのですから、夫婦の間であっても日常の生活でどちらかが「嬉しい」と言えば、その「嬉しい」は何らかの価値を相手から与えられたことを証明する言葉だと、相手に解釈されると深層心理で思うのです。そのように感じれば、義務と権利から成る契約と呪縛の関係では、言葉を発した方が相手に「嬉しい」と感じられる何事かを、行為して返さなければならないという、義務の負担を感じることになるでしょう。つまり、「嬉しい」と表現することはその言葉がけでは終わらずに、与えられた喜びから与え返す行為を要求されると、無意識に感じてしまうのです。喜びを表現することが、自らのなかに喜びを与え返さなければならない意識を要求し、義務として強制されるような心理圧力を醸成すれば、喜びの表現が抑圧されるようになるのは自然でしょう。自らの喜びの表現が自己の自由を束縛することにつながるからです。そうなれば喜びを伝えることに抵抗を感じ、恐れを感じるのは当然になります。

日常、夫や妻からの行為で「嬉しい」と感じたとき、「嬉しい」と率直に喜びを表さずに「ありがとう」「すみません」「ご苦労さま」「お世話さま」「大変だったでしょう」「疲れたでしょう」などといいます。これらはすべて相手への感謝やねぎらいの言葉です。「嬉しい」と感じた相手に対して感謝しねぎらうのですが、肝心の「嬉しい」という喜びの言葉は省いて（私は隠してと言いたい）まず相手をねぎらいます。ここには自らの喜びを隠して、まず相手の行為をねぎらうことで自らが相手の行為から感じる、喜びを与え返さなければならないという義務負担を軽くしようとする、無意識の自己防衛の意志が働いて感謝の言葉になると思われます。感謝という言葉は感じて謝るという文字で表現されていることを考えれば、そのことが一層よく理解できるでしょう。

互いの理性や契約意識から行為し行為された、与え与えられる喜びは、常に何らかの犠牲や負担を伴うと、直感し直感されるから、命の原理で贖いや等量の喜びを、返し返されなければならなくなり、それを表す行為は権利と義務で要求し要求されることになるのです。かくて、喜びは自身にとって負担となり呪縛となるため、隠され、表されなくなって負担や呪縛を軽減すべく感謝やねぎらいの言葉となります。その一方で、相手にとっては自身の行為が欲した「嬉しい」という喜びを、感謝やねぎらいの言葉で隠されてしまうため、不満となり、その不満が貸しの意識となって傲慢さにつながります。

このように価値観によって結ばれる契約から表れる喜びは、私たちの自由であろうとする命に負担や圧力と感じられるため、喜びの表現は無意識のうちに抑制され隠蔽されることになります。

隠蔽された喜びは相手の心へ返ることができずに、自己の心のなかに囚われたまま、感謝やねぎらいの言葉にすりかえられ、あるいは、無言の与え返す行為に変換されます。契約意識から表れる喜びのすりかえや変換は、私たちに何をもたらすでしょう。生活のなかで常に喜びが疎外され無視されていき、代わってお礼や謝り、遠慮や配慮が必要とされるようになり、他者や世間が優先されてそのなかに私が埋没する、自由と喜びの隠蔽された不自由で重苦しい閉塞社会を出現させることになるのです。

9　宗教について

私たちは神や仏を深く信仰します。宗教は人間が幸福に生きるためには欠かすことのできない心の支えだと考えられているからです。はたして宗教に、すべての人間に信仰をつうじて幸せを実現させる力があるのでしょうか。キリストの誕生から二千年、仏陀の誕生から二千五百年の時間がたっています。その間に神仏によって人類は救済され、解脱して、解放されたことがあったのでしょうか。私には、今日までただ一人として宗教によって解放された者は無いように思われるのです。

むしろ人間の解放を叫びながら宗教戦争を限りなく繰り返させ、いまも世界のあちこちで信仰ゆえの戦いが行われ、無数の死と差別と偽りに満ちた憎悪の世界が現されています。まるで宗教は人間の憎悪を燃え立たせ、救済や解放とは逆の争いや悲嘆をふりまいて地獄をつくる役割を果たしているかのようです。

宗教とは何なのでしょう。

神や仏も、またその教えといわれるものも、すべて人間が生きるために必要として作りだしたものです。いかに神や仏を唯一絶対だといっても、その唯一絶対なるものは言葉によって初めて唯一絶対に表現されるものです。そして、その教えの言葉は人間の欲求で話され、語られ、書かれたものなのですから、神仏が人間によってつくりだされたものであるという事実は、どのように否定しようとしても否定できません。これまで私はサルからヒトへの五百万年にわたる新化を言葉を超えて想像してきました。そのなかでヒトの出現と言葉の発現が性によってもたらされたと話してきました。

人類に宗教らしきものの考え方が表れたのは、どんなに古く遡ってもせいぜい五万年か十万年前でしょう。しかも、神や仏という存在や教えは倫理の世界のなかでのみ実現されるものだと思います。

価値観を超えて神仏の教えがその恩寵と救済を現すことはできないのです。なぜなら、神の教えは、キリストの死に象徴されるように、死に対照された理性の愛（アガペー）であり、仏の教えは、死によって生を救うという（涅槃寂静）考えをもたらすことになる理法です。これらの教えは理性で初めて可能となる、愛や理法で構築されており、論理や死をはなれては成り立ちません。この、論理や死の認識は言葉による理性の世界でなければ表れることができない現象なのですから、神仏の恩寵も救済も価値の世界を超えることができないのは当然なのです。これからもう少し具体的に先の『現代哲学事典』によりながら宗教を考えてみましょう。

『現代哲学事典』では、愛の項で〔キリストは神でありながら、愛ゆえに、人の肉を受け、受難の苦しみをなして死に至り、このことによって（アガペー）を実現し、神の人格と人の人格との交わりを可能にした。ヨーロッパの「人格的な愛」を育てる上に、決定的な要因となったのがキリスト教とその愛であることは疑い得ない。〕と記述しています。また仏陀については、仏教の項で〔この現実世界を無常の世界であり苦の世界（一切皆苦）と見、そこには常住不変の精神的実体が有るわけでもない。精神や物質があると思い、それに固執するところに煩悩が生じる。しかし、真実には常住不変なるものはない（諸法無我、諸行無常）。このありのままの真理を体得することにより、一切の苦を滅しつくすことができる（涅槃寂静）。そこに大いなる慈悲の世界が開かれてくる。〕そして、〔在来の仏教教団は、真理の世界がこの現実の世界を超えたところに有るとし、その真理の世界に利他行（他人を救うこと）を実践することで達しようとするが、凡人には至難のことであるから諸仏、諸菩薩に帰依してその力によって到達しようとする。〕と記述しています。

これらの宗教の教えが現実の人間を救えなかった原因も、その教えが誤っているにもかかわらず、二千年、二千五百年と生き延びている原因も、根本的な理由はただ一つだと思います。真の愛を語ったという教えや、悟りを得たという仏陀の理法が、それぞれ理性にもとづいて孤独のうちに導きだされたところに有るでしょう。（キリスト教も仏教もその教典はそれぞれ弟子や後世の人たちが完成させたという反論もあるでしょうが、その人たちもそれぞれ個々に理性で考えたことに変わりはありません。）一人の人間は決して真の人を語れません。一人では性を語れず、恋を語れず、歓びを語れず、それによって生まれ表れる命を語れないからです。したがって、神や仏によって語られる教えは、それがいかに美しい理想を語ろうとも、麗しい世界を示そうとも、男女の性から、恋から、生の歓びから語られないかぎり、理性によった価値理論にならざるを得ず、悲苦の世界を脱することはできません。性は生き物や動物の絶対な存在原理です。論理で表れる価値も理性も、ましてや理論的に構築された神仏の世界などは、人の命とその表れである男女の本性的な歓びに何の意味も表すことはできません。動物の一種であるヒトが、この命の原理を離れてどのような教えや思想を導き出そうとも、それで絶対の救いや悟りの世界が私たち人間に訪れることは決して無いのです。神や仏の教えが今日まで人間を救えなかった根源の理由がそこにあります。そして、現在までそれらの誤った教えを信仰し続けなければならなかった原因も、私たちが性を失った人間として、死に対照されたドキドキした悦びの目的を求めて価値の世界を生きつづけ、理性に狂ってきたからに他なりません。

10　キリスト教について

キリスト教は「真実の愛」を精神的、人格的な愛、つまり、理性の愛（アガペー）と規定しました。これは、キリストが多くの人びとの罪を贖うために苦しむ人として、神からのこの世につかわされて十字架にかけられ、死によって人類への愛を表したという物語に原因しています。

キリスト教で開かれたヨーロッパ世界のすべての矛盾は、この死によって表された愛に起因しているでしょう。死によって表され、真実とされる愛は、死を絶対の受難とするところに成り立ちます。それは、死が表す極限の悪、悲嘆、崩壊、暗黒、虚無などという絶対の恐れが、論理、正義、勇気、献身、犠牲などからなる理性の愛によって乗り越えられるとすることです。したがって、死に対照された愛による世界観は、その愛に生きようとすればするほど、積極的に死を、その恐れを、見つめつづけて観照することが不可欠になります。死やその恐れを観照しつづけて生きることは、自然で平静な心理では難しいでしょう。その心理には、生きようとする意志を常に強く励まし起こそうとする力が必要になります。その意志を強く励起する力が、発達した価値観であり、それから導かれる向上心や倫理性、論理性や合理性です。生の歓びへの欲求を目的の達成によって、ドキドキした悦びの生として実感しようとする欲望が、理性の愛と結びついた時、地上を愛で満たそうとの意志のもと、キリスト教の世界制覇がはじまるのです。

その教えは理性の愛で構築されています。そして、それは論理による価値観で表された愛であるため、ましてや、死に対照されている愛でもあるため、その教えから導かれた愛や正義は究極で容易に死と一体化することになります。

ヨーロッパ世界に闘争と戦争の火種がつきず、世界史のなかで起きている遠征や侵略のほとんどが、キリスト教世界から、またその影響を受けて発生していることを思えば、その教えの愛がいかに武力を頼み、殺戮を好み、死を求めたかが分かります。キリストの愛は、死を論理的に愛へ転換させたものです。いわば、人類がこの十数万年に築いてきた価値世界が内包する必然的な矛盾を、理性の愛を通して論理的に死へ結びつけた教えです。ですから地上を愛で満たすことが死で満たすことになり、豊かさで満たそうとすることが貧困を極め、文明を高めることが破壊を進め、平和をもたらそうと戦争をまき散らし、善意を示そうとすることが憎悪を呼んだのです。

その愛は理性によって構築されるため、言葉によって作りだされなければ存在できず、期待できません。あらかじめ存在する愛情が言葉によって表されるのではありません。言葉によって愛情が論理的につくりだされるのです。その愛がアガペーとして恋のエロスと峻別される理由がそこにあります。恋の情念は心のなかにすでに言葉以前に存在するものです。恋情はすでに存在する歓びが言葉となって表れるだけです。夜が明ければ朝が来るように、冬が過ぎれば春が訪れるように、恋心は人の生に自然に芽生えて歓びとなり、言葉となります。その自然な生の歓びは性以外に、価値観や理性や論理などは言うに及ばず、他の何の人工力も必要としません。しかし理性の愛は自然から生まれたものでないため、あらゆる人工の力を必要とします。それは言葉による価値観や論理性で築かれ、その維持のために武力や富が必要とされ、武力や富をつくりだすために科学力や技術力が要求されます。そして、それらすべての実現のためには、常に必死の努力が要請されなければならないのです。したがって、その愛で築かれたヨーロッパ世界は、ともに価値の世界であるアジア、アフリカなど他の世界と比べて、最も先鋭的で熱狂的な文化、文明の世界になります。

その文化、文明は、近世では帝国主義として吹き荒れ、産業革命を起こし、アフリカ、アジア、南北のアメリカ大陸へ侵略しつづけながら、世界をその害毒の惨禍で覆いつくしたのです。いま、その興奮する文化は資本主義陣営と共産主義陣営の対決という冷戦時代を経て、共産主義陣営の崩壊という結果をもたらしましたが、それは一方の陣営の敗退を意味しているのではありません。両陣営を生み出した西欧文明そのものの破綻であり、死に対照された愛の世界の宿命的な精神的混迷と衰弱なのです。その世界で、真の愛は、歓びは、平和は、実現されません。それを実現しようとすればするほど、その愛は自由によって争い、戦う矛盾を広げて露呈させ、悲しみと苦しみの世界を深刻化させて実現することになるのです。また、自己犠牲と献身によって他者を実現させようとすれば、その愛は自己否定の愛にならざるを得ず、人間における自己否定の愛は必然に悲しみの愛を結果することにもなるのです。

倫理と自由のところで私は「理性の愛からは何も生まれません。それは、自己犠牲から他者否定を要求し、他者犠牲となって再び自己否定へと自由を奪いながら回帰する、悲しみだけの愛だ」と話しました。ここでは、自由を奪い、平和を奪いながら回帰する、悲しみだけの愛だといわねばならないでしょう。そのような愛からなる世界のなかでは人は必然的、宿命的に混乱しなければなりません。私たちは自然の生き物です。機械やコンピューターのように論理だけで動いているのではありません。ましてや、神や仏のような得体の知れない創造物でもありません。生きることが悲しく苦しければ必ず怒り、戦おうとします。そして、人間の場合、その戦いは必ず死をもたらすのです。なぜなら、私たち人間は生の絶望から完全に逃げられる方法として、唯一、死という手段しか知らないからです。宗教を作りだして以来、いや、価値の世界に棲むようになって以来、人間の生は死によって対照されているのです。その生き方は自己の命を自己自身で必然に悲嘆の袋小路に追い込み、無い出口を求めて阿鼻叫喚を繰り返しながら、次第に命を根底から衰弱させ、自己崩壊させていかねばなりません。

11　仏教について

仏教はどうでしょう。

仏陀は現実世界を無常の世界であり苦の世界（一切皆苦）と見ましたが、彼も一人の理性の人であったがゆえに、無常の世界である苦の世界から自らを解放できなかったと思います。したがって、この苦の世界から脱しようとするあまり、真理の世界はこの現実をはなれてあるのではない。この現実の世界は真理そのものである（色即是空、空即是色）とする一方で、この世には常住不変の精神実体が有るわけでもなく、常住不変の物質的実体が有るわけでもないと、非現実的に考えざるを得なかったのです。そして精神や物質があると思い、それに固執するところに煩悩（欲望）が生じると考えたのですが、精神や物質は存在しますし、煩悩は価値観で表れる欲望の人間それ自体ですから、それら総てを否定（諸法無我）することは、世界と人間の総てを否定することになります。そのことは結果的に仏陀の教えから、人間は生きてこの価値の世界で救われることはないため、死後の世界で救われるという在来教団の教えが出て来ざるを得ないことになります。一切の苦を滅しつくす（涅槃寂静）世界は、死後の世界で初めて人間のものになるという、死によって生を救済するという矛盾の教えをもたらすことになります。

現実世界から一切の苦を滅しつくすための方法を、理性から論理で導き出すことは不可能です。人間はこの悲苦の世界を悦ぼうとして理性で論理的に築いてきました。重要なのは、理性や論理が必然に悦びへの欲望を作るということです。したがって、仏陀がどのような理法を説こうとも、決して論理で欲望を消すことはできません。理法という論理で欲望を滅するのは、生の以前に言葉があるというのと同じことになり、絶対の矛盾になるからです。当然に、仏陀がいかに理法を体得せよといっても、その体得する法は生の歓びになりません。それは、論理によって作られる幻想や妄想の世界に、題目や念仏を唱えさせることで人間を誘拐し、現実から逃避させることしかできないのです。しかも、その誘拐は、仏教教団が組織化され、経済化されることによって、教団から財務や会費、喜捨や寄付の名目で、自主的、強制的であるにかかわらず、金銭や行為を収奪されることで実現します。

私たちは長い間、神や仏という、人間が論理や理性で創り出した架空の存在に愛や祈りを捧げてきました。その行為の本質は「私」という一人一人の人間が「貴方」を求める行為なのです。なぜなら、神仏による自己の救済や解放を祈る信仰の行為は、究極的に他者（神仏であっても）によって自らを存在させようとする意味の行為だからです。そうであれば、人間にとって他者は人間以外にありえません。そして、究極の他者とは人の場合、男にとって女となり、女にとっては男になります。絶対の他者はこれ以外に存在しません。ですが、私たちは神仏への信仰が貴方を求める行為だとは考えもしないのです。そして在りもしない神や仏を架空に創り出して一心に信仰します。架空の存在である神や仏に向かう愛や祈りは、それらの虚像を「貴方」と観て「私」

を対照しようとする行為であるため、その対照されようとする私の愛は貴方とする神仏の虚無のなかに永遠に漂って、対照されることなく存在を表せないまま消滅していくのです。

このことを換言すれば、人生の生から愛や祈りに象徴される「私」を奪うもの、それが信仰と呼ばれる行為だと言えるでしょう。信仰は文字通り信じて仰ぐことですが、信じる行為は疑いをもたずに思い込むことであれば、信じる対象の神仏が永遠に証明されないことが分かっているにもかかわらず、疑いをもたないで信じ込むのは妄信であり、自らを欺く行為という他はありません。そしてそれは、理性のもたらす信仰という行為で、自らを欺きながら自らの生を投げ捨てようとする狂気だとも呼べるでしょう。

よく人は神仏が奇跡を現すと言います。だが神仏によって奇跡や救済、解脱や解放は成されません。それらの言葉の意味するものは、ただ欲望の世界で価値あるものと考えられた事柄が達せられるだけなのです。例えば、目の見えない人が見えるようになったり、歩けない人が歩けるようになったり、病が治ったり、豊かになったり、運が良くなったり、能力が上がったりというような、ただ総ての事柄がより良くなっただけに過ぎません。真の奇跡や救済、解脱や解放とは、生存に存在が見出され、生が絶対化して、歓喜の生となり、時間と空間を超越して永遠と無限の命となって、生きたまま死から解放されることだと思います。そして、この真の奇跡である絶対の歓喜を現す対象こそ「貴方」である男と女なのだと、私は確信して断言します。人間の愛や祈りは人間に捧げてこそ愛となり祈りとなって結実し、奇跡となって自らに現れます。それは、人間に男女の性がある限り、男女の恋が歓喜によって新たな生命を自然に生み出すように、例外なく、万人に必然に、そして、自然に起きる現象だからです。

しかし、架空の存在である神や仏は人類に何ものも与えません。むしろ、信仰すれば全てを奪われます。人間が信仰によって愛を、祈りを、それに向かって投げ捨てるからです。

12　麻薬について

ここまでいろいろな側面から現実をみてきました。どのように生きてもこの世界では、歓びで生きることはできません。歓びに生きようとして悦びでしか生きられず、必然に悲しみの生き方となってしまうのです。そして、その価値の悦びを求めて生きる世界が東西の冷戦の終結によって、思想的な混乱に直面しています。人間は理性によって悲しみを深めることはあってもなくすことができません。このうえ、なおも理性によって生きようとすれば、政治や経済や宗教によるのではなく、必ず、麻薬に依存して生きるようになると思われます。ヒトの本質に歓びへの欲求がある以上、論理で築かれる政治や経済や宗教などの理性世界の矛盾から表れる悲しみや苦しみは、麻薬による薬理作用の快感や幻覚の中に逃避しようとされるだろうからです。現にアメリカなどでは厳しく麻薬の取締りをしていても、多くの人たちによってマリファナやコカインが日常的に使用されています。

日本でも麻薬の撲滅には大いに力をいれていますが、その甲斐もなく、近年、その使用はだんだんと若者たちのなかに浸透してきています。それはアメリカや日本だけではないのです。世界各国の必死な撲滅努力にもかかわらず、麻薬の生産と使用は増えることはあっても減ることがありません。

この現象は、麻薬に依存して生きるようになるという考えを裏付けているように思います。飲酒の量や麻薬の量が増えつづけるのも、価値の世界に生きる人間が体内で自然のドーパミンという快感物質を作りだせなくなっているからだと思います。それは、生きることが歓びという快感へつながらず、生の本質にある快感への欲求を充たすためには、麻薬というニセの快感物質を外部から体内にとりいれて、薬理作用で快感をつくりだす他にないからだと思うのです。

私たちは悦びの快感を、文化や文明を発展、発達させることで社会的に感じています。その快感は人間と物との関係から得られる快感や、人間と人間の関係から得られる快感です。この社会的な関係からつくりだされる快感は、物から自己へ、他者から自己へという外部から内部へ一方向の流れとなって、自らのなかに取り入れられます。

例えば、物から自己へという快感の流れは容易につくりだせます。物を使用したり、物をより優れたものにつくり替えたり、より多くの物を所有するということを通じてです。人間の知識はそれで発達したといってもいいでしょう。ですから、知識は外の物の世界から悦びを得るために使用されることでその効力が発揮されるものです。人間は自然の資源や力を存分に利用して環境それ自体を変化、変質させながら物をつくりだして悦びや快感をつくりだしてきました。

しかし、その悦びや快感は、反対の、自己から物へ向かって流れることはできません。前に話したように、物に自己の喜びや快感を表しても物はそれに応えたり反応したりしないからです。また、社会的な人間と人間の関係から感じられる悦びや快感も、その関係は価値観によって築かれているのですから、悦びを得ようとすれば利害、優劣、勝敗といった価値観で生きなければなりません。このため、快感は個人と個人が利害、優劣、勝敗を争って奪い合うことを通じて感じることになります。したがって、この快感も他者から自己への一方向にながれるのです。原則的に自己から他者へ快感が流れることはありません。倫理の実現が苦しみをともなうのが何よりの例でしょう。

このような価値で表れる悦びや快感は、争奪による悲しみや不快感をその対象にして感じなければならないため、決して歓びの「交響」という共鳴現象をおこすことができません。ですから、それらの悦びは一定の限度を超えて高まっていくことができないのです。ただ、それらの悦びは、物と知識の発達によって量的に増えていると私たちを錯覚させているだけでしょう。むしろ、悦びが少数の強者に集中して増えれば、その分、多くの弱者に悲しみが深まっていくのだと思います。しかも、その価値の悦びは、物で得るために環境を破壊し、勝利で得るために人間を犠牲にしていくのです。私たちが文明の進歩とともに悦びを高めて来ているると考えているのは錯覚で、命のなかに深刻な歓びへの欲求不満をつくりだしていると思います。だからこそ、それが必要以上の酒や、麻薬の快感で埋めようとされるのでしょう。

例えば、砂漠を旅しているとき、のどが渇いたとします。そのとき私たちは水を求めます。欲求される水は冷たい清水なのです。その冷たい清水は歓びに例えられます。そして悦びに例えられるのが塩水です。渇いたのどに塩水を飲めば一時的に渇きもいやされるでしょう。しかし、やがて前にも増して強い渇きに襲われることになります。渇きをいやすために飲み、飲むことによって渇くという状態が現れます。いったんそのような状態になれば、その先には死だけが待ち受けていることになります。この渇いた状態は現在の人類の歩みと同じです。私たちは物のもたらす恩恵で人生の豊かさや便利さという悦び（塩水）を追求してきました。物の進歩や発達が限りなく求められたのは、それのもたらす悦びが命を充たせる歓び（清水）でなかったからに他ならないでしょう。現に、命の本質では今でも歓びへの飢餓が深まっています。日々、より良い物を創りだすために必死に科学技術の発達をめざす人間の欲望の生き方がそれを物語っています。

しかし、私たちはその飢餓感を文明を進歩させるためのエネルギーだと考えます。飢えて渇くことを発展の原動力だと狂って考えるのです。それは麻薬の効きめが切れて現れる禁断症状からの欲求を向上のエネルギーだと考えることと同じです。麻薬の快感は自己の身体を内部で直接に蝕みますから害毒であると理解できます。それに対して、文明の快感は外部の環境世界を蝕むものですから自己の身体に関係ないと考えられて害毒だとは理解できないのです。でもこれからはちがうでしょう。環境世界の破壊はその限度を超えてしまっています。外部も内部もありません。両方の自然性の破壊は即ち人間を含んだすべての命の破壊を意味します。充たされない欲求は飢餓となり、飢餓から表れる欲望をエネルギーや原動力としてつくられる文明、文化を発展や進歩だと考えてはならないでしょう。知識や理性で命を充たせるといった狂った考えに囚われてはならないと強く思います。

私たちは清水と塩水のちがいを容易に味分けることができますが、歓びと悦びを感じ分けることはできないのです。でも、本当に歓びと悦びは感じ分けることができないのでしょうか。清水と塩水のように容易に味分けることが……歓びは歓びと〝交響〟することで、その質と量を同時に充たすことができますが、性に吸収されない価値の悦びには対象が無く、実質の無い量であるため〝交響〟することができず、必ず命の本質にある欲求に麻薬で対応するようになると確信するからです。

13　内界の変化と外界の変化

性は人の内的な世界に向かって恋の歓びを広げていきます。ですから、歓びを求める生き方は、性を通じて生を充たし、自らを自然に適応させながら存在することになります。変化や新化が起こるとしても、それは外的世界である環境の側に起きるのではなく、内的世界である人の側に起こるのです。サルからヒトへの新化はそうして現れた変化です。そのかぎりにおいて、人の形態は変わろうとも人類の命は自然とともに永遠でしょう。

性に支配、吸収されない価値の悦びに生きる人間の生は、自然そのものに対立して、破壊する理性力に変質するといいました。命の欲求を充たせずに欲望を生み出し、その欲望を原動力にしながら価値の悦びである、文明や文化の発展を求めるのです。その悦びは、外的な世界である環境を知識や技術で変化、変質させることによって成り立ちます。

物や知識から得られる悦びが性の歓びに支配、吸収されているとき、物の創造や知識の発達は必要最低限で最大の歓びを与えて命の充足をもたらしてくれますが、性と関係を持たない物や知識などから得られる悦びは幻想となり、命を充足させられず飢餓感から欲望となります。その欲望は物や知識を際限なく創造、発展させることになります。この運動は充たされないのですから終わることができません。自然の生命循環である始まりと終わり、生と死の連鎖の循環系とは全く別の次元の、人為的につくりだされる、常に人口は増殖し続け、人工物が増え続け、環境は破壊されるだけの、循環することのないすべての命を破滅に向かわせるだけの一方向の運動になります。

始まるために終わり、終わるために始まる運動は、その内部に絶対性や完全性が表れなければなりません。一つ一つの運動（人生）に充足と満足という欲求を充填させる絶対で完全な歓びがつくりだされていかなければならないのです。その歓びをつくりだすものが性だと思います。性で自己のなかに絶対性や完全性をもった歓びを、自己それ自身の形態と形質を変化させながらつくりだしていくのです。ヒトへ新化したサルたちがそれを実現したように、私たちも新たな生命体へ向かって自己自身を新化させることが必ずできると思います。そしてそれは、現在の私たちが意図しないで外界を崩壊の淵に近づけたように、意図せずにその新化や変化を自己の内部に現すでしょう。

性と恋と歓びで生きる人生

1　新しい生に向かって

日本の和を求めるタテマエとホンネの生き方も含め、すべての哲学や思想、科学や技術、宗教や道徳に対して、それらは言葉で構築され理性や論理で説かれているため、命を充たせず生と世界を、世界を解放する力を持てないと批判してきました。なぜなら、精神世界そのものが論理で構築されているからであり、とりもなおさずそれは、人間の生が論理で表されているということでもあるからです。

「命は言葉から生まれないにもかかわらず、この命の世界は言葉の論理で表れている」ということから起こる根源の矛盾は、命の言葉が歓びではなく理（ことわり）であるところから起こっているのですから、言葉の論理で表れる哲学や思想、科学や技術、宗教や道徳という理で命に歓びと歓喜を表すことは絶対にできないのです。もし、論理で表れる人間の矛盾を論理で変えようとするのであれば命を論理でつくりださねばなりません。そして、その愚かな企みによって論理の命をつくりだす不可能が可能になったとすれば、命は命として、男女は男女として在ることができません。命と性は論理で理とされ物とされて死ぬからです。命が性として意味を表しながら歓喜に生きようとするのであれば、反対の究極で論理による哲学や思想、宗教や道徳が死なねばならないのです。

この世界で価値の悦びを求めるほど、理性によって人は命と性の意味を喪失させて悲しみや苦しみを深めていくことが解ってもらえたと思います。そして、その価値の悦びで築かれる悲しみと苦しみの世を、その根深から転換させなければならないことも理解してもらえたと信じます。

論理での生き方では脱することのできない価値の世界を、どのように脱するのか、またそれでどのような新たな世界が築けるのかを話さなければなりません。それはどんな方法でしょう。それはどのような世界なのでしょうか？

価値の世界が言葉の論理性によってつくりだされたのは、ネアンデルタール人の遺体の埋葬が行われた時代の頃ではないかと想像しました。価値の悦びが死の恐れや恐怖と表裏一体のものだと考えたからです。したがって、その起源は古くても二十万年前くらいでしょう。五百万年の人類歴のなかの四百八十万年の圧倒的な時間を、人類の祖先たちは性と恋で表れる歓びの世界で生きてきたのだと思います。そしていま再び、私たちはその自然な歓びの世界へと回帰しなければなりません。

しかし、その歓びに向かって生きたとしても、価値の世界を完全に脱するには非常に永い時間を有するでしょう。人類歴のなかで、価値の世界に生きた二十万年は短いといっても、その間、個々人の蝋燭のごとき儚い生が数知れぬほどの代をその悦びで重ねられてきているのです。すでに価値の悦びで生きることは私たち人間に、抜きがたい習性となって定着しているでしょう。その理性によって生きる習性を性と恋と遊びの生き方で洗い流していくのです。あるいは、その自然の本性で生きることに、これから千年、二千年という千年単位の時間が必要になるかも知れません。でも、いいのです。人類は悦びを求めて必死に努力を重ねながら、その二十万年を悲しみと苦しみで過ごしたのです。そのことを考えれば、これからどのように永い時間がかかろうとも、その時間はだれもが自然に実現できる恋と愛によって現れる絶対の命の歓びに近づきながら過ごすのですから。

2　生と性

今、私は「自然な歓びの世界に再び回帰する」といいました。それは、過去の原人や旧人の頃に帰ることなのでしょうか。いいえ、過去に戻ることはできません。また、過去に戻る必要もないのです。私たちは現代人として原人や旧人が到達できなかった新たな境地へと向かいます。価値の世界で業（ごう）として生み出したものである、他の生き物や地球環境から悦びを収奪するために使ってきた知識や技術を、今度はそれらの繁殖や修復に役立てながらその境地に向かって前進するのです。

悦びを表すことから、歓びを表す方法へと生き方の原理を転換させなければなりません。そのためにまず確認しておきましょう。それは私の確認です。私は何でしょう。私は言葉でつくられる理性の人間ではありません。私とは「性」です。私はまず性の表れである、男であり、女なのです。したがって、私が男であり女であれば、貴方も男であり女になります。そして、私と貴方は性なのですから、性と性を結ぶものは、性の表れである恋によることになります。恋を恋とするものは何でしょう。そうです。恋の行為です。

恋の行為は、私たちがセックスと呼んでいるものです。それは、恋の情念をさらに高い次元の歓びへと高めるためのものです。そして高められたその歓びは、隠しきれずに、抑えきれずに、自然に言葉となって表現されてしまう歓びです。もともと私と貴方は、男と女は、言葉と世界とは、そうして表れたと考えられるのですから。

現に私たちは価値の世界で苦しみながらも、「私」と言い、「貴方」と言い、「言葉」を話しながら生きているのです。そのように考えると、性で歓びが表され、その歓びで言葉が話されれば、言葉で話すことが、言葉で生活をしていくことが、言葉で表れている人生が、性である命の歓びになるということが解ります。それはまた、言葉を歓びとして表現される恋の行為（セックス）が、生活の仕方を教え、男に生まれた歓びや女に生まれた歓びを実感させ、人生の生き方を導くということを意味するでしょう。つまり、恋の行為のように、生活して生きられれば、その生活は、人生は、そのすべてを絶対の命の歓びにできるということになります。恋の行為と生活が一体となり、恋で生活できれば生は性となるでしょう。新しい生命が性の歓びから生まれてくるように、人生も性の歓びから生み出されるという本来のあるべき姿となるのです。

恋の行為と日々の生活を切り離せると考えてはならないでしょう。いまこの地獄のような世界は、恋の行為と日々の生活が切り離され、男と女の性が切り離されて、言葉の論理性で悦びをつくりだした時点からはじまったのです。いまでも私たちは子供が生まれるとすぐに言葉で働きかけ、言葉を覚えさせることで子供のなかに論理の精神世界を構築させます。そのようにして構築された精神世界は知識や理性は表せても、自然な性や恋を表すことはできません。理性は論理や価値を求めますが、性や恋にそのようなものはいらないのです。また異性に恋し、我が子を愛すのに理由がいるでしょうか。たとえ恋人や我が子が重大な法律違反を犯そうとも、それによって自然な恋や愛の情は変わることがありません。もし我が子や恋人が法を犯したことによって憎くなったとすれば、それは自然な恋や愛の情ではないでしょう。理性によってつくられた人工的な偽りの愛情です。理性の以前にある恋や愛こそが真実のものだからです。

思春期や青春期に強く現れる身体や心の性兆は、言葉だけで構築されている論理や合理を人間性とする私の世界を、非論理的で不合理な、理性や理論などどうでもいい「何だか解らないけど大好き」とか「恋に夢中だから他の事などどうでもいい」という私に転換させようとする重大な自然の生命運動の発動です。この生命運動によって私の世界が言葉による理性から、性による恋愛に転換できたとき、初めて私は男だと言え、私は女だと言えるようになるのです。外見的な身体の形態によって雄雌は決められても、男女の性別は決められません。男女が理性を振り切って恋愛の非論理的で不合理な歓びの自然世界に生きたとき、本当の命と、性の別と、意味が表れるからです。

3　性と恋の認識について

生き方が転換されるか否かは、悦びが歓びに転換できるか、そして、その歓びをつくりだす恋の行為がその歓びを隠しきれずに、抑えきれずに言葉となって表現されるようにできるか否かにかかります。その意味で、私たちがセックスと呼んでいる行為とその考え方を、もう一度くわしく見てみなければなりません。まず、現在における性や恋、そしてセックスに対する基本的な見方、考え方を反省することからはじめてみましょう。

先述の『現代哲学事典』は愛の項で次のように記述しています。このことはとても重要なことなので引用してみます。

〔愛は常に矛盾している。現実的な生を意義づける根源でありながら、愛ゆえに人は罪を犯し、自らの生の意義を否定せざるを得なくなる。愛は人生の他の要素＝性や感情や幸福や文化＝と深く結びつきながらこれを乗りこえる一種の絶対性を含んでいるところに、その魅力と恐ろしさとを持っている。愛を他の事業に還元しても説明しつくせないのはそれ故であると思われる。例えば恋愛は明らかに性的欲望と結びつき、これを基にしている。出発点に肉体的事業が働いていることを敢えて無視し、理性的な、精神的な愛のみを認め、装おうとするならば、愛は結合の力を奪われ、弱体化する。十九世紀から二十世紀にかけての、精神の形骸化と没落とともに、愛のなさが訴えられ、性が代わりに登場してくるのは当然といえよう。フロイトがエロスを生命本能とし、人間の拡大と昇華のエネルギーとするのは、愛が再び力を回復するためには、死んだ精神にこれを求めても空しいからである。「精神」はこれまで個性的な、自発的な、理性的なものを担い、一人自由に飛翔しようとする方向に進んできたが、人は完全に自由でもなければ、個人においてはどうにもできない根源的なものを脱却することも実は不可能である。けれども、性の快楽は愛そのものではなく、また快楽それ自身が愛が真の愛でないことに気づかせるのである。パスカルは「精神は自ら信じ、意志はおのずから愛する。したがって真の対象のない場合は、それらは偽なるものに結びつかざるを得ない」といっているが、愛は快楽と結びつき、同情と混同され、感情と定義される。あるいは趣味となり虚栄心と結びつく。捉えようとすればかくれ、握っていればば変容する。しかも、人間の現実的な生に常に大きな、具体的な問題を投げかけている何か根源的な力である」と事典はいいます。

このような性や恋に対する認識は一般的に強く信じられている考え方でしょう。この認識を批判しながら私の考えを話してみます。

事典には〔愛は常に矛盾している〕とありますが、しかし、そうではありません。愛（私は恋と考えていますがここでは便宜的に愛といいます）は矛盾していませんが、愛を表す私たちの考え方や行為が常に矛盾しているのだと思います。したがって〔現実的な生を意義づける根源でありながら、愛ゆえに人は罪を犯し、自らの性の意義を否定せざるを得なくなる〕のでもありません。愛を至上のものとせず、反対に愛を示す性を偏見し疎外しているからこそ、人は罪を犯さざるを得なくなるのです。そして、罪を犯さざるを得ないのは、自らの生の意義を否定するためではなく、自らの生の意義を肯定しようとして犯すのだと思います。事典には、生の意義が罪や罰、善や悪を超えた愛にこそあるのだという、性や恋への根源的で絶対的な信頼がありません。愛の本性は罪や罰、善や悪とは無縁なのです。反対に理性こそがそれらをつくりだすのです。ですから本当は、理性ゆえに人は罪を犯し、自らの生の意義を否定せざるを得なくなる。と記述しなければならないでしょう。

また〔愛は人生の他の要素――性や感情や幸福や文化――と深く結びつきながらこれを乗りこえる一種の絶対性を含んでいるところに、その魅力と恐ろしさとを持っている〕の部分は、その魅力と素晴らしさをもっている、ということになるでしょう。そして〔愛を他の要素に還元しても説明しつくせないのはそれ故であると思われる〕のところは、愛は他の事業に還元できないから説明しつくすことができないのは当然と反論しなければなりません。なぜなら、愛こそは性であり、命であり、人そのものだからです。性（肉体的なセックスだと思われる）や感情や幸福や文化は愛に含まれる人の部分です。

そして〔例えば恋愛は明らかに性的欲望と結びつき、これを基にしている。出発点に肉体的要素が働いていることを敢えて無視し、理性的な、精神的な愛のみを認め、装うとするならば、愛は結合の力を奪われ、弱体化する〕としているのは、愛は性の表れそのものです。愛が、性が、人そのものであるから、愛が心の歓びを表し、性の行為が身体の歓びをもたらすのです。それは、人が心と身体で成り立つ生き物であるかぎり自然で当然なことです。結びついたり、どちらかが基になっているのではありません、両者はコインの裏表の関係と同じく一体のものです。〔肉体的な事業を無視したりするのは、結合の力を奪われ、弱体化する〕どころではなく、人類の歴史や生命の歴史で見れば、それは必ず自滅し、破滅し、壊滅を招来するのです。

続いて〔フロイトがエロスを生命本能とし、人間の拡大と昇華のエネルギーとするのは、愛が再び力を回復するためには、死んだ精神にこれを求めても空しいからである〕と、エロス、つまり性や恋を評価し、〔「精神」はこれまで個性的な、自発的な、理性的なものを担い、一人自由に飛翔しようとする方向に進んできたが、人は完全に自由でもなければ、個人においてはどうにもできない根源的なものを脱却することも実は不可能である〕と知性や理性の限界を認めながらも、すぐさま〔けれども、性の快楽は愛そのものではなく、また快楽それ自身が愛が真の愛でないことに気づかせるのである〕と記述します。ここには、性やその歓喜に対する無知や錯誤に基づく抜きがたい偏見があります。性の快楽、つまり、恋やその行為で表れる性の歓びがなぜ愛そのものではないのでしょうか。性の歓びが歓びゆえに、なぜ真の愛ではないことに気づかせるのでしょう。その考えには私が愛について話したように、精神的な理性の愛（アガペー）と性愛の愛（エロス）を対比し、精神的な理性の愛（アガペー）を真の愛とする西欧近代哲学への信奉が基底にあります。そして、快楽ゆえに真の愛ではないとするのは、真の愛には犠牲、禁欲、自制、努力、研鑽などの、ともすれば痛みや辛さ、苦しみや悲しみといった、自己を束縛し否定する要素がなくてはならないとする、自虐の妄信があるからでしょう。そしてそれは、恋の軽視、性への蔑視、人への不信を定着させ、ひいては、人類の世界を奈落の底へつなぎ止める盲信でもあります。人の命は歓びです。歓びの「貴方」が歓びの「私」を現すのです。恋の歓びで、性の歓びで、人は初めて男女として存在します。存在する男女の生は常に性の歓びによって包まれねばなりません。その生の日常は、恋心で歓びの日常となり、歓びの人生とならなければならないのです。

最後に〔パスカルは「精神は自ら信じ、意志はおのずから愛する。したがって真の対象のない場合は、それらは偽なるものに結びつかざるを得ない」〕と記述していますが、引用されるパスカルの考え自体が誤っています。パスカルは「精神と意志は真の対象がない場合、偽なるものに結びつく」といっていますが理性的な「精神は自ら信じ」るのであるから偽なるものにも結びつきます。それは、考えて信じるからです。考えて信じることには誤りは多いのです。しかし「意志はおのずから愛する」ことが偽なるものに結びつくことはありえません。なぜなら意志、つまり命の生きようとする意志は性と恋で表されますから、その意志が愛するものは、男か女かのどちらかしかないのです。「おのずから愛する」の、おのずからというのは自然にということですから、自然な意志や偽や真を選別はしません。自然が愛するものは常に絶対の対象なのです。男は女を、女は男を愛するのです。したがって、パスカルの「それらは偽なるものに結びつかざるを得ない」というのはまったく誤っています。そして、この文脈でパスカルを引用して言うのであれば、事典の「したがって真の対象のない場合」の真の対象とは理性で求められる真理や神であり「偽なるもの」とは恋や性を指しているのでしょう。これについても私は話してきました。真の対象こそ性や恋であり、偽なるものこそ理性や神なのだと。

〔愛は快楽と結びつき、同情と混同され、感情と定義される。あるいは趣味となり虚栄心と結びつく。捉えようとすればかくれ、握っていれば変容する〕のはすべて、私たちが性や恋を、理性から偏見をもって同情と混同し、感情と定義するため、趣味となり虚栄心と結びつくのであり、捉えようとすればかくれてしまい、握っていれば変容するのは当然なことなのです。

4　エロスとタナトスについて

昔からセックスの快感には分けがたく死への衝動が内包されていると思われ、現在もそのように信じられています。

事典はエロチズムのところで〔晩年のフロイトはエロス（生の本能）とタナトス（死の本能）とを対立させたが、両者が分離していることはほとんどなく、さまざまな比率で入りまじっていることを認めざるをえなかった〕と記述し、また〔サディズムはエロスと外へ向かった破壊衝動のまじりあったものであり、マゾヒズムはエロスと内に向かった破壊衝動のまじりあったものである〕と述べます。

フロイトがエロス（生の本能）とタナトス（死の本能）の一体性を容認しなければならなかったのは、いまの私たちが価値観で性をみていることに原因しています。他の動物にエロチズムがなく、人間だけがそれをもつのがよい例です。エロチズムは言葉による想像や幻想でおこります。それは論理によらなければ決しておこせない現象なのです。人間以外の動物にエロチシズムがないのはしごく当たり前のことです。私たちの「私」は言葉でつくられ、論理が私となっているのですから、現在の言葉が価値観によって話されている以上、私の世界と私の悦びは、すべて価値となり、その例外とされるものはなくなってしまうのです。したがって、私たちの覚えるエロスの欲求も価値観で構築されて表れます。フロイトはそのことに気づかなかったためにエロス（生の本能）とタナトス（死の本能）の峻別ができなかったのだと思います。だいたい、動物にタナトスという本能はありません。本能といえるものは自然なエロスだけであり、タナトスとは言葉で構築される死のイメージを対象にした理性の生にだけ表れる命の虚無性です。自然な命は絶対の生であろうとしますから論理で表れた世界が虚無であれば、その虚無性を死によって絶対の生に変換しようと論理的に欲求します。その欲求がタナトス（死の本能）になるのです。したがって、それはエロスと全然関係なく、無縁なものだと思います。ですから、サディズムやマゾヒズムもエロスとは無関係であることになります。

では、サディズムやマゾヒズムがエロスと破壊衝動のまじりあったものではないということも考えてみましょう。それらはエロチズムが破壊衝動と結びついて表れたものだと思います。エロチズムは価値観によってつくりだされる、死を対照した美意識（悦び）による想像や幻想が、生の欲求が論理によって欲望となり向上心と結びついたように、性の欲求を刺激して表される衝動だと思います。それは、想像や幻想によってつくりだされた死に対照された性の悦び、価値のエロスです。事典の〔サディズムはエロスと外に向かった破壊衝動のまじりあったものである〕とするのはまったくの誤りで、エロスではなく価値のエロスであるエロチズムという想像や幻想のなせる現象です。まず、サディズムという破壊衝動は外に向かいますが、それは自己の内面の無意識な精神世界で起こっている被害意識が外へ表れたものだと思います。私自身が他者に侵されているという無意識の被害感が、エロチシズムと結びついて性の暴力となり、他者を性的に圧迫することで自己を回復し修復し維持しようとするのです。ですから、サディズムはすでに何らかの形で自己の精神世界が侵されているときに起こります。また、マゾヒズムはこの反対の現象です。すでに何らかの形で他者を侵しているという無意識の加害感が、エロチズムと結びついて性的な圧迫を受けようとするのです。それは、他者から性的に圧迫されることで罪悪感を贖罪し救われて自己を回復しようとすることです。どちらも被害と加害の意識が価値のエロチシズムと結びついたもので、エロス（生の本能）とは関係なく、破壊衝動やタナトスは価値観によって当然に引き起こされる論理で表れる命の錯乱衝動だというべきでしょう。

自然な性は生だけしか対照しないと思います。性は命だけを生み出し、決して死を生み出しはしないからです。セックスが暴力や嗜虐と結びつき悦びや愉しみとなって、自然の性や恋の歓びや楽しみと混同され錯覚されるのは、私たちがドキドキする緊張と興奮を達成感で一挙に解放する悦びと、弛緩と伸び伸びとした心地よさが高まって膨脹し爆発する性の歓びとを、混同し錯覚して同一視していることから起こります。そのように言葉で悦びをつくりだす理性を尊びながら生きているのも、歓びこそが言葉をつくりだすという真理に気づけないためだと思います。

性の心の側面である恋心は人にとってすべてと断言できるほどの深さと広がりを持つものです。世界そのものが性で、恋で成り立つと書いてきました。では、性の身体的な側面であるセックスについてはどうでしょう。恋心がそのように重大な意味を持つものであれば、当然に行為としてのセックスもそれに匹敵する重大な意味を持っているでしょう。しかし、私たちはセックスにそのような重大な意味を認めているでしょうか。性に対しての卑しさや汚らしさ恥ずかしさの偏見は、そのセックスへの欲求の強さにもかかわらず、その意味の重大性を認識させないのです。これからは性への偏見がどのように私たちのセックスに影響を与えているのかを具体的に考えてみましょう。

5　セックスについて

男はセックスで最初から肉体的な快感を得ることができます。一方、女性は最初から肉体的な快感は得られませんが、精神的な喜びを感じることができます。そして、男のセックスにおける肉体的な快感は恋の有無に関係なく感じますが、女の精神的な喜びは恋の有無と不可分に結びついています。このようにセックスの反応は男女によって大きく異なっているのです。

私たちは性に対して、卑しさや汚らしさ恥ずかしさの偏見を強めることはあっても、なくすことができません。性を侮辱的、凌辱的に描いたり扱ったりする書籍やビデオ、映画やドラマの氾濫によって、男性の会話で、女性の会話で、酒場や街のいかがわしい場所で、電車や映画館で……例えれば数限りない時と所で、性は卑しめられ汚され、嘲りと嘲笑に弄ばれます。

特に男には、セックスを陰湿で後ろめたく、卑猥で動物的なものだと考えている人が多いでしょう。しかし同時に、それへの抗しがたい肉体的な欲求を持っているのも男の性なのです。男であれば誰もがこの欲求に抵抗することができません。自らの持つその欲求が、嘲りと嘲笑に弄ばれる行為でなされなければならないのですから、セックスは男性自身だけの肉体の快感が得られればそれで終わりという行為になりがちでしょう。そして、なるべく自己の快感を相手にさとられないようにするという態度にもなります。その快感を大きな喜びとして素直に相手に伝えることは、自己自身が嘲りと嘲笑に弄ばれる存在になると感じるからです。当然に男のセックスは単調で粗雑な優しさの欠ける短い時間の行為となります。したがって、その快感は常に肉体の快感に止まって心の喜びへとは昇華されていきません。性への偏見がその歓びを肉体の快感だけに止めようとして遮断する働きをするからです。つまり、男は性への自らの欲求に抵抗できなければ、せめて、卑しさや汚らしさという汚辱にまみれるのは身体だけにとどめ、決して理性の精神へはそれを及ぼすまいとするのです。自己防衛の意識が性の偏見と結びつき、自然な性の歓びを肉体の快感だけに呪縛して、心の歓びへと高め広げようとはさせないからです。

理性や知性が高まれば高まるほど自然を象徴する性は疎まれます。人間の進歩を象徴する理性や知性は価値観を磨き知識を広げて自然を統御しようとする欲望をもつからです。ですから教養の高さや学識の深さと、恋やセックスの歓びは否定し合い、反発し合わなければなりません。知性や理性に生きようとする人間は、性に生き恋に夢中になることが、自尊心を傷つけ誇りを投げ捨て、自己の理性的人間性を否定するに等しいように感じられるでしょう。

一般的には、その快感が精神的な快感となっても、その悦びは、性への侮辱や差別から湧き出る凌辱の悦びとなって感じられると思います。女の恥じらいや嫌がりを好み、それを自己の力で女の悦びに変える悦びです。女の恥じらいや嫌がりが悦びに変えられることは、女を恥ずかしい、卑しい汚れた存在に変えた悦びであり、セックスによる女性への征服感はこの悦びで成り立つものだと思います。女を卑しい汚れた存在にし征服したと感じる当人自身は、そのことによって一段と卑しい汚れた存在になるのです。男は、自身をその汚辱から逃れさせるために、肉体の快感を感じる射精が終わると同時にセックスも終わりとして、手のひらを返したように気分を変えようとします。これは、男が動物的な状態から理性的な状態へ一刻も早く戻ろうとすることでしょう。

しかし、自らが蔑視している行為に、男自身は我を忘れて夢中にもなるのです。知ってか知らずか、自己が蔑視するものに自身が夢中になるのは、自らを蔑視以上の愚かで汚らしい存在だと女性に表明していることと同様なのにもかかわらず……。性を偏見する者は、普段どのように理性によって知性的に生活し、人格、識見を高めて見せようとも、セックスをしようとすることで、全ての日常の理性で築いた知的な存在は、愚かで汚らしい存在へと転落してしまうのです。男が性を蔑視し、女を差別すれば、その性によって、女によって、必然的に蔑視され差別し返されることになります。

男の側は、性への偏見によってその喜びを女へ積極的に伝えようとしないのですから、女の喜びは自己と身体で恋した男が性の欲求を解放した喜び、つまり、恋した男の肉体的な快感の解放に役立てた喜びしか感じられないのです。男の側は、それに役立てた喜びで良いではないかと考えるかも知れません。しかし、それに役立てたという女の喜びの中には、自己の身体を男の欲求を処理する機能に貶めているという、悲しい思いも含まれていることを忘れてはならないでしょう。この自らの身体を機能に貶めていることを救い、喜びに変えさせているものは、一にかかって女の男に対する恋心に他なりません。

自然なセックスは、能動的な男の側から受動的な女の側に向かって、その行為の歓びが言葉になって素直に表されることで、女の恋心が歓びに燃え上がるようにされなければならないと思います。単調で粗雑な優しさの欠けるセックスをして射精すれば、今までの夢中さは何だったのかと思われるほど態度を豹変させて、冷淡になるか、眠るのは女の恋心に冷水をかけるようなものでしょう。どのような激しい恋心も、冷水を浴びせつづければ消えないほうが不思議なくらいです。私たちは恋を自然に衰えるものだと考えていますが、恋はどちらかが、あるいは両方が、消そうとしなければ命あるかぎり決して消えるものではありません。命と恋とは同義なものを異なる言葉で表しているのに過ぎないからです。

また、私たちはセックスの欲求を男が強く感じ、女は低い欲求しかないと考えています。このことも大きな錯誤です。男と女の性の欲求は同じものです。本性的な性の欲求は歓びから表れるものです。嬉しいから、歓ばしいから抱きたい、抱かれたいと感じるのが自然な性の表れ方です。このときの欲求は男も女も同じ強さの欲求となります。

その同じ欲求がどうして現実のなかで男は強く、女は弱くなって表れるのでしょう。その大きな原因は、いまの男と女の性の欲求が、孤独から逃れたい、悲しみを忘れたい、苦しみを紛らわせたいという不快感（不幸）を避けようとする命の自己防衛力から現れているからでしょう。不快感に対して男と女の命の耐性はちがって現れます。産む性とそうでない性の特質だと考えられます。耐性は男の方が弱いため、自己防衛から男の命は早く強く興奮して生を不快から快へ戻そうとします。その防衛力が性欲として現れます。また、女の生命力は男よりも強靭ですので性欲は遅く弱く現れます。ですから、不快感から逃れようとしてセックスをしようとしている限り、性的な欲求のアンバランスによって男女はセックスの悦びを高次の歓びにできません。それは常に不快感の回避ができればそれでよいことになるため、肉体的な悦びや表面的な喜びで終わってしまうのです。やがて、その悦びや喜びが、時間の経過とともに仕事や生活のなかで表れる疲れや不快感に変えられて蓄積していくと、またそれをセックスで快感（不快感の回避）に変えようとします。このようなセックスの繰り返しは不快を回避するために快感を覚えるだけで、本来の恋の行為に表れる歓びが交響して歓喜となり、光が発散するように歓喜を放出するという自然な生命状態にならないのです。

命と性は同じものですから、性と生も同じものだということになります。また人がつくりだす価値のすべては生があって成り立つのですから、男女によって成り立つのでもあります。すべての価値は性の左右に位置することはできません。沈黙してその下に位置するものです。ましてや、性の上位に価値である理性や論理が位置するなどは、本末転倒もはなはだしい正気の沙汰とは言えないことだと思います。

男の側ばかり話しましたが、男ばかりに非が有るわけではないでしょう。女も男と同様に、いや、それ以上に性の偏見に毒されていると思います。少なくともセックスをしている間は男が快感を感じていることを女も理解しているのです。そして、恋心で男の欲求の解放を自らの心の喜びにしているのであれば、その喜びを言葉や行為によって男に伝えなければならないでしょう。それにもかかわらず、何だか解らない声しか出さないのです。性の偏見はセックスの喜びを言葉によって表現されませんし、行為にも表せなくさせます。女がその喜びを言葉で表現したり、行為に表すことは、卑しく恥ずかしいことだと考えているからです。

その思いは、喜びを表すことが男から軽蔑されたり、嫌われたりするのではないかという恐れをも生むでしょう。自分を大切にしたいという気持ちが、性の偏見によって逆に作用し、セックスの喜びを抑えてしまうことで相手の喜びを抑え、それが互いの恋の喜びを抑制させることになって、やがて恋そのものを消滅の淵へ追いやっていくことになります。

たとえば、女が性の魅力を積極的に男へ表そうとするのは、仕事や商売として性が扱われるときです。彼女たちは自己の性の魅力が商売でふりまかれているかぎり、その魅力を思う存分に抵抗なく表現できます。なぜなら、その性の魅力は卑しく汚らしいものであるため、金銭で物のように扱っていればいるほど自己の理性を証明していると思えるからです。

しかし、卑しく汚らしく扱われる性の本質である女の魅力は自然に男を魅了して虜にします。男は必死に女の性（命）を求め、恋心を示し、やがて、その努力によって女の心が男に向いて恋心で結婚するようになると、その恋心は性の差別意識に毒されているため、男に恋すれば恋するほど、男を大事に思えば思うほど、女は理性から性の魅力を表せなくなります。自らの卑しく汚らしい性の魅力は消失させて、理性の女の良妻賢母に変身しようとするのです。結果的にそのことが、男と女の恋を、私と貴方の性の関係を、破綻させるという不幸な現実をつくりだしますが、それはすべて女の性に対する自身の根深い偏見によると思います。

女の性は、卑しい性、汚い性、弱い性、耐える性、仕える性、従順な性、保護される性などのように、女自身からも否定的、消極的、静的に考えられてきたのです。多分そのような認識は男によってもたらされたのでしょうが、性は命、恋は命と女性が確信しなかったことも事実なのです。だから自らの性を、恋を、命をかけて守れなかったのです。恋の表れである新たな命を出産するという、至高な性で存在するにもかかわらずです。

差別され貶められる女の性の救済は、まず自らの性を救うことから実現されるでしょう。それが男の性を救うことでもあるのだと思います。男の性を、価値の世界のなかで力と論理で闘いと競争を繰り返しながら悦びを争奪しあう生き方から、性が表す歓びと充足、ときめきとやすらぎといった、与え合うことで成り立つ恋の世界へ呼び戻して、男の性に自然性を回復させるのです。そして、それは、唯一、恋とその行為の歓びという、男と女だけで表せる互いの性を証明し合い、命を創造し合う歓喜によって初めて可能になるのだと思います。それには、女性自身が自らの性への偏見を捨てて、性こそが、恋こそが人間の最高のものであり、すべての価値はそのために奉仕すべきものだという、自然な命の原理に目覚めなければならないと強く思うのです。

6　恋とその行為

私は「歓びを言葉として表現させる恋の行為（セックス）が、生活の仕方を教え、人生の生き方を導く」と話しました。そのためには「恋とその行為が、隠しきれずに、抑えきれずに、自然と言葉となって表現されるか否か」にかかることになります。では、性の偏見や差別から解放された生き方はどのようになるのでしょう。

私の恋の「好きだ」「恋してる」「愛してる」という強い情念は言葉と行為によって貴方に伝えられ、貴方の恋の情念は「嬉しい」「楽しい」「歓ばしい」歓びの気持ちに高められていきます。貴方の歓びは「私も好きだ」「私も恋してる」「私も愛してる」という言葉と行為によって私に伝え返され、再び私を「すごく嬉しい」「最高に楽しい」「大いに歓ばしい」という、より一層高まった歓びへと引き上げます。これは互いの性と、その表れである恋が、互いの心と身体を歓びにして言葉と行為で表現させ共鳴しあい、自由な命の世界を歓喜によって実在させることです。

歓びが歓びを誘い、歓びが歓びを高め、
　歓喜が歓喜を呼んでくる。
私が貴方を誘い、貴方が私を高め、
　私が貴方を呼ぶ。
やがて、私が私を誘い、貴方が貴方を高め、
　私が私を呼び、貴方が貴方を呼ぶ。
その歓びは誰の歓びでもない、私の、私だけの歓びなのだ。私は私のために歓ぶ。
しかし、それは貴方の歓びとなってしまう。
そして、貴方の歓びも私の歓びとなってしまう。
私は誰のためにも歓んではいないし、誰のためにも自由であるのではない。
ただ、私自身のための歓びであり自由なのだ。
貴方の貴方だけの歓びは、私に私だけの歓びをもたらす。
貴方の自由は貴方の自由であるがゆえに、私をも自由にさせる。

私と貴方は歓喜のなかに、自由のなかに、溶け込んでいく。
私もなく貴方もない。
二つの命が溶けあって融合した歓喜と自由だけがある。
ここには永遠の歓喜と無限の自由がある。
私と貴方は永遠となり、無限となって、時空を超えて絶対と完全そのものとなる。

私が、なぜ恋とその行為を重要視するかと言えば、その歓びが人類の表せる喜びのなかで至高の、最高の歓びだからです。この歓びを超えられる悦びはこの世に存在しません。どのような悦びも、その歓びの前には無力となります。歓びは命そのものだからです。この世で最高の恋とその行為の歓びが言葉にできなければ、日常の生活の喜びが言葉にできるはずがないのです。反対に言えば、その歓びを表せないほど、理性が構築した例への偏見と差別の意識は強烈に人間を呪縛しつくしてもいるのです。何度も言いますが、その根源は「私」が性の歓びで出現せずに、言葉の論理でつくられ、価値の悦びで現れているからです。
先ほど、男女による性の欲求のアンバランスを話し、そのなかで、自然な性の欲求は歓びから表れると言いました。嬉しければ、歓ばしければ男も女も、その歓びを性で表したいと欲求するからです。それは歓びなのですから抑えることはできません。磁力のようにどちらからともなく引きあい求めあい溶け合って膨脹し、歓喜とされて爆発するのです。日常の二人の生活のなかで恋の歓びを現し、その歓びを互いの性で表しながら歓喜に変えていきます。このようにして男と女の「私の世界」に歓びと歓喜の循環を現すことができるようになれば、日々の生活に不快感がつくられることはありません。それから逃れたり、忘れようとしたりするためにセックスをすることはなくなるでしょう。

恋の行為を「歓びが歓びを誘い」と話しました。私の性の表れである恋心が、歓びを表して貴方の恋心を歓びへと誘います。私が貴方の歓びを誘い、貴方の歓びが私の歓びを高めていきます。そして、身体と身体が恋の表現行為となって歓びへと高められていきます。貴方の歓びが私によってつくりだされているという意識が、自己の性の素晴らしさと重大性を意識させて、自らの性の意味を実感させるのです。しかし、その実感はあくまで貴方の歓びによってつくられているのです。歓びによって私の性の素晴らしさと重大性を証明する貴方の性が、改めていとおしく素晴らしく重大に感じられて私の歓びを高めます。私は歓びとなるために貴方を必要とし、貴方は歓びとなるために私を必要とします。やがて、貴方は歓びとなって自ら歓びを呼びます。私も歓びとなって自ら歓びを呼びます。貴方が歓びを呼ぶのは、自らの歓びを自ら歓喜にさせようとし、私が歓びを呼ぶのは、私の歓びを自ら歓喜にさせようとすることです。貴方は貴方のために歓び、私は私のために歓びます。貴方は自由自在に歓び、私も自由自在に歓びます。貴方が自由であることは、私が自由であることです。そして、ついに互いの歓喜と歓喜が、自由と自由が溶けて一つの歓喜と自由になり、さらにその歓喜と自由が融合して絶対化し、命の永遠と無限が表れるのです。

このことは特異でも、特別でもない体験や世界でしょう。私たちが自然に素直に生きれば、性によって誰でもがいつでも容易に体験し、表せる世界です。そうであればこそ、その歓びの体験が、すべての人に歓びで暮らす日々の生活のしかたを教え、歓びで生きる人生の生き方を導ける源の経験となれるのです。

恋とその行為の歓びを知れば、生活のなかから契約の意義やねぎらいの言葉は自然に避けられ、消えていくでしょう。私の行為は私が歓ぼうとして行うのですから、貴方が表すのは貴方の歓びです。その言葉は私を大いに歓ばせます。私もまたその歓びを言葉にして貴方に表すのです。無理に歓びの言葉をつくる必要も、話す必要もありません。私は私の歓びを抑えられずに表し、貴方は貴方の歓びが溢れてしまうから表すのです。どんな時でも男女が交わす言葉には必ず恋心とその歓びが表れていなければなりません。言葉に恋心とその歓びが表せなくなれば男と女でいることができないからです。

私たちは、どのように老いようとも、どのような病にあろうとも、また、どのような境遇にあろうとも、生きている限り、命ある限り、性に導かれて歓びの存在として生きることができます。

自らの性を意識し、その意味を表現することで、命は生としての歓びと輝きを実現するからです。決して自ら、性を忘却し、軽視し、諦めてはならないでしょう。命は性であり、性は恋であり、恋は歓びであり、歓びこそは生だからです。

7 恋と愛について

紀元前五百五十一年に孔子が論語で仁を説き、人論の道を唱えてから約二千五百年、その間も数知れぬ有識者が、理性によって倫理を実践するための方法や手段を説いてきました。なのに、私たちは未だその世界を手にしてはいません。そして今も、私たちはその愛の世界を倫理で実現しようとしています。義務感と努力で、苦しみと辛さをこらえながら理性によって倫理の道を歩み、博愛の世界を築こうと自らにムチ打つのです。ニグレンの「アガペーは純粋に無動機の他者実現の愛であるから崇高である」という考えを、私は形而上（思考上）の愛であると批判し、それは、生きていない機械や人造人間であるロボットそれ自体が、組み込まれた知識や論理によって「機能」として実現するものだと言いました。これは、男女の恋こそが普遍の愛を生み出し、それを歓びによってこの世に実現できるものだとの直感から、いや、触れたといってもいい感覚から話したことです。人が命である以上、愛を無動機で実現することはできません。他者への愛は自己の歓びから、自己自身がもっと歓びたいからという動機で初めて可能となる現象だと確信するからです。

恋とその行為で歓びを言葉にして表現できる男と女は、歓びと自由そのものになります。二人が恋の歓びを行為によって歓喜としたように、その体験に導かれて日常の生活それ自体を歓びとするようになれば、家庭は、家族の日常は、常に歓びに包まれ歓喜となるでしょう。家庭が歓びでいっぱいになり、歓びが歓喜になると、やがて、その歓喜は他者の歓びを求めて家庭から外へ溢れていくことになります。自己のなかの歓びがこらえきれずに言葉となって話されるように、湧き水が池をつくりその池の水が小川となって流れだすように、それは家庭のなかにとどめられず、他者に向かって溢れださずにはいられなくなるものだからです。

その歓びは、もう恋ではありません。恋を脱皮して愛へと変身した歓びです。太古、サルが交尾の歓びから言葉を発現させてヒトを誕生させたように、ヒトの恋はその歓びの絶頂で相変異（氷が水となり、水が蒸気となるように、個体から液体、液体から気体へと物質の相が移り変わること）すると直観されるからです。次元を超えて恋は愛へと昇華するのだと感じます。私と貴方の恋の世界から、私と貴方たち、貴方と私を歓びでつなぎ、男女と社会、男女と世界が歓びでつながれ、究極的には、男女と自然世界が歓びでつながる愛の世界へと、恋は次元を超えて変化していくものと感じられるのです。

本来、私たちの本性は、歓びを歓喜にしようとする自然な欲求と能力をもつものだと思います。

それこそが命の本源、本質といってもいいでしょう。恋こそは唯一の普遍的な愛への道です。恋の歓びは家庭から溢れて他者の歓びを求めるといいました。このようにして他者に向かう愛は自愛の愛です。自らが自らのために歓びを欲して行う自愛からの行為です。したがって、その愛の行為は、自らのなかに義務感や努力という苦しみや辛さの意識をつくりだしません。私が嬉しいから、楽しいから、その歓びで他者と関係し、自らの歓びを自らのためにもっと大きくしようとするのだからです。

そのようにしてなされる行為は一見、勝手な行為と思われますが、決して勝手な行為とはならないのです。恋から愛となって他者に向かう行為は、他者に喜びを要求しませんから他者に勝手や押しつけと感じられることにはなりません。また、その行為は自己を犠牲にすることもありません。犠牲がなければ他者は贖いの意識を感じませんし、したがって、そのための行為をも必要としません。その行為は常に自らの歓びから、その歓びをより大きくしようとしてなされるのですから、行為自体が行為者の歓びとなる完結された行為となるでしょう。つまり、行為すること自体が歓びとなって、それによる他者の歓びを目的とはしないのです。

その愛は、汲まれても、汲まれても、決して尽きることがありません。それは男女の性あるかぎり、恋あるかぎり、命あるかぎりおのずから湧き出さずにはいられない歓びの愛だから。まるでそれは、太陽が自ら輝き、すべての生命を生み育てながら、太陽自体は生命が育まれようと育まれまいと関係なく、ただ輝くということと同じだと思います。

こうして他者に向かった愛は、他者の男女の恋による歓びの愛と家族どうしで関係し、つながって、一層大きな歓喜へと向かうことになります。自愛による、歓びの自己完結の行為は、現実の世界に歓びの家族と家族の、歓喜と歓喜の循環する状況をつくりだすことになるでしょう。それは、人類の世界が歓喜だけの原理で創造されることを意味し、それはまた、私たち人間に全く新しい次元の世界が開かれることをも意味するでしょう。男女の性の自由は恋を生み、恋は愛へと昇華して、隣人愛となり、その広がりの行き着くところ、人類世界の自由と平和がその普遍の愛で実現されると確信します。

8　新しい世界での暮らし

その世界で生きる家族の暮らしはどのようになるでしょう。

恋こそがすべてになりますから、男女は神や結婚を必要としなくなると思います。二人の性に自由を確保することが絶対だと考えられるからです。互いの恋心だけを守り、育てるためにすべてのものが供されます。人間の出現のところで私は「男女の性の異なりは異なり自体が命の意味である歓びなのですから、その性の異なりが歓びとなっているとき二人は男と女を、貴方と私を超越して、二性で一つの完全な意味世界、二命で一つの絶対な歓喜世界となれた」と話しました。

このことは究極的に、男と女の二つの性と命が常に共に寄り添って行為し行動することが、完全な意味世界と絶対な歓喜世界を形成するうえで不可欠なことを意味します。

仕事にしても男女が恋心で歓びながら一緒に働きます。それはもう仕事とはいえません。遊びです。今の私たちは仕事を遊びにすることは考えられません。それは、金や物での悦びへの執着がそれだけ強いということです。悦びではなく、歓びで生きれば仕事が遊びになって当然なのです。そうなれば、単身赴任や連続する残業などのような、恋に大きな被害を与えることは苦しくなったり辛くなって考えることもできなくなるでしょう。第一、生きることが恋で絶対の歓びになっていけば、金や物への執着が少なくなっていき利益を目的とした企業活動はされなくなると思われます。したがって、そのような社会では、物の製造、サービスや情報の提供などは、他者のために寄与して歓びたいとする欲求からおこなわれることが自然となるでしょう。恋で充たされる家庭には物も必要なだけあればいいのです。余分な富や財を集めても、それが歓びにつながらないのですから、無意味になってしまうのです。それらを集めるよりは、他者に向けて使うことのほうが大きな歓びとなります。彼らは企業に、束縛も呪縛もされません。従業員や会社員といった、企業のなかで雇用され規制されて競争を必然とするモノ化した存在ではなく、企業を物と考え、物と扱い、家族のために、他者のためにどのように役立てて歓びにするかと思考する恋人となるでしょう。

家庭では恋人となり、他者に対しては愛人（普遍的な愛を実現する人）となる人たちの世界に、保険や年金は必要とされなくなると思います。もし、生活に困る人たちがいれば、その人たちは恋人や愛人の歓びを大きくしてくれる人たちです。彼らの困難の解消に役立てることは、恋人や愛人の愛する歓びの増大に大きく寄与することになるのです。反対に意図的に他者へ依存しようとすることは自己が喪失し、生きている実感が持てなくなります。その世界では奪うことや、競争で勝利することに悲しみや苦しみを覚えます。愛することで、愛されることで大きな歓びや生きていることの絶対性を感じるからです。自己の将来や老後の心配はなくなるでしょう。それよりは現在をどのように歓ぶかが重要にされると思うからです。

また身障者に対する感じ方や考え方も自然に変わっていくでしょう。いま、私たちは彼らを可哀相な人、哀れな人、不憫な人というように見ます。しかし、彼らは可哀相でも哀れでも不憫でもありません。健常者といわれる人たちは身障者の人たちから何を感じるでしょう。彼らの障害性を前にしたとき健常者は、まず自己の健常性と相手の障害性を比較します。そこから自己の健常性をありありと意識し「良かった」という悦びを感じます。その後で自己の「良かった」という悦びを隠して相手に「大変ですね」「お困りでしょう」「気をつけて」などという可哀相で哀れに感じる憐憫の情をいだくのです。そうなれば身障者は常に健常者から哀れみを受ける側に差別され追いやられることになります。彼らはいつも自分自身に「私はどうしてこのように生まれなければならなかったのか」と問いつづけなければならなくなるのです。しかし、恋人や愛人は身障者をそのようには考えないでしょう。身障者は身障であることによって、健常者に健常であることの喜びを与えてくれるのです。健常者が他者に歓びをもたらそうとすれば、必ず何らかの行為を必要とします。健常者は行為なくして、他者に喜びをつくりだすことができないからです。ですが、身障者はちがいます。彼らに行為は必要ありません。ただ身障者として存在するだけで他者に喜びをふりまくのです。彼らは健常者から憐憫を受ける存在ではなく、喜びを受ける存在なのです。したがって、その世界では身障者がその身障性を隠したり、身障者自身が親によって隠されたりはしないでしょう。身障性の意味が喜びとして表れるのは、健常者と一緒になっているときなのです。そのとき彼らは、初めて「私はどうしてこのように生まれなければならなかったのか」という問いから解放され「私は歓びを与えるために生まれてきた」と感じられることになるのだと思います。

その世界での家族は核家族ではなくなるでしょう。家族は二世代、三世代の親子が一緒に暮らすことになると思います。若い恋する二人（夫や妻）は互いに相手を生み育ててくれた父母に歓びで接するのです。そして、その父母たちも、我が子に歓びを与えてくれる相手（嫁）に歓びで応じます。そのことを通じて、父母の世代が子供世代から恋の表現を学ぶことになるでしょう。なぜなら、若い二人の恋は新鮮で情熱的です。その恋の表現も当然に細やかで優しさに溢れたものです。そのような新鮮で若い二人の恋の表現は、親世代にとって学びの対象となるものです。また、子供世代が父母の世代から愛の表現を学ぶことになります。父母の恋はすでに愛へと昇華されて、他者に対して愛を表す表現の経験、子供と子供、つまり兄弟、姉妹の関係をも大きく左右するでしょう。幼い子供たちが兄弟、姉妹として互いに相手を大切にしようとするのは、自分にとって相手が大切だと思う以上に、相手が親にとって大切な存在だから大切にしたいと思う。つまり、子供たちの兄弟、姉妹の関係は、あくまでも両親と子供たちの喜びを介して育っていく。自分が妹や弟をいじめると、両親が悲しむからいじめたくないという気持ちになり、自分と兄や姉が仲良く歓んでいると、両親がさらに仲良くしたいと思う、子供たちは、両親を通じた子供どうしの関係から、自己と他者の関係を経験して学んでいきます。子供が家庭から外に出て、外で会った他者である子供も同じような環境に育てられたとすれば、自己と他者として会った子供どうしは、友達として喜びの関係を自然に築くことになるでしょう。両親を通じた兄弟どうしの情愛は子供たちが成長しても決して失われないと思います。兄弟を兄弟と、姉妹を姉妹と、兄妹を兄妹とさせるのは、常に同じ両親から、同じ恋、同じ歓びから生まれた命だと意識することになるからです。

　子供たちの世界にいじめや引きこもり、非行や不純な遊び、暴走やシンナー行為などもなくなっていくと思います。ストレスをいじめで発散したり、引きこもって自己を守ろうとしたり、非行や不純な行為で反発する必要もなく、暴走やシンナーで悲しみや苦しみを紛らわす必要もないのです。自由で伸び伸びとした思春期や、まぶしい青春のなかで育つのですから。

最近、よくアイデンティティーという言葉を聞きます。辞典によれば〔同一性、存在の自己証明。精神分析上、青年期の自己意識の成長に重要な意味をもち、自己同一性から、主体性、自分の正体などの意味に用いられる〕と記述されています。アイデンティティーの喪失や危機などと新聞やテレビでは使われていますが、日本人の多くは主体性を失って、自己の意見をもたず、また、主張もしないので、欧米の人達から日本人に対してよく言われているようです。通常、そのアイデンティティーは、価値観の確立によって実現されると考えられているでしょう。社会観や国家観の意識と関係した文脈で使われることが多いからです。しかし、私は真のアイデンティティーという自己同一性や存在の証明が、価値観で確立できるとは思いません。価値観で構築する社会意識や国家意識に基づいたアイデンティティーは、偽の自己同一性であり、偽の存在証明でしょう。自然人のそれは常に、恋によって確立されると思います。子供のときは父母の恋で自己が証明され、青年期からは異性への恋で自己が証明されると考えるからです。

親が自己を証明できず、したがって、その生を継続させなければならなくなり、継続された子供の生で、自己の証明をしようとして子を育てることや、子が親の、その重い期待を背負って生きることもなくなります。たとえ、自己の証明をはたせなかった親が子の将来のために、代わりの物や財産をどれだけ多く残そうとも、地位や名誉をどのように高くしようとも、それは子の証明や歓びとはならないものです。子の誕生と成長は、父母の恋の歓びで生まれ、その歓びのなかで育ち、自らが恋の素晴らしさと尊さを自覚し、その歓びを表現できるようになれば、それで充分なのです。恋で生まれ、恋のなかで育ち、恋をするようになれば、人と生まれ、人と育ち、人と成るからです。

9　再び死について

恋を成就した未来の人類はその人生の終わりをどのように迎えるのでしょう。まず、恋を成就させた人間は長寿を望むことはなくなるでしょう。歓びだけの人生となるだろうからです。その歓びは貴方の存在によって表れる歓びですから、貴方を大切にすることが私の歓びであり、私を大切にすることが貴方の歓びであることになります。したがって、歓びに包まれた私と貴方は自然な寿命となります。私の終わりは貴方の終わりとなり、貴方の終わりは私の終わりとなるようにそれは訪れるでしょう。

今の私たちは生と死を論理的、科学的に考えます。生にしても精子と卵子の結合としてとらえ、死にしても脳死や心臓死というように考えます。この生命観はあまりにも物理的に過ぎると思います。人の場合、その命は精子と卵子の結合のまえに、命の統合で、性と恋の交響の歓喜で表れるものです。死も脳死や心臓のまえに性の喪失によっておこるものだといえるでしょう。

私は、命の終わりは歓喜のなかに自然に訪れると考えます。それは言い換えれば、命を歓喜によって終わりにできると考えることでもあります。具体的には、男女いずれかの命が終わったとき、貴方を亡くした私は恋の歓びのなかで貴方を追って自然に命を終わることができるということです。現在では恐怖や絶望でショック死することは理解できても歓喜のなかに命の終わりがあるとは想像できません。しかし、恋に生きた歓喜の人は恋によって、私と貴方の身体を歓びの中でほぼ同時に自然へ帰せると信じられるようになると確信するのです。

仏陀は「人は一人で生まれてくる。したがって一人で死ぬ」という意味のことを「独生独死」という絶対の理法として述べたといわれています。この言葉は一見、真理を語っているように思えますが誤りです。確かに人は一人で生まれてきます。しかし私は、いま言ったように、人が一人で生まれて来るのは、二人で終わるために一人で生まれてくると考えます。人が性をもって一人で生まれ、性ゆえに恋によって二人となり、その歓喜で死を超越するというように考えれば、確かに命（一人）は生（二人）となるために性（一人）として生まれる、というべきでしょう。そこに死（一人）は現れません。死が現れるのは、命（一人）から性が喪失（二人であっても一人という恋の死）したために歓び（二人）となれず生が現れないからです。

いま、生の終わりと生の死というように、生の最後を表現するのに終わりと死という言葉を使いました。生の最後という重大な局面に対して使った、終わりと死の言葉の意味はまったくちがった別のものです。私たちは一般的に、主に対象させて死を考えます。生と死の言葉が小説や映画やテレビドラマで「生きるべきか死すべきか」と言われるときの悩みや苦しみの意味か、または「生か死か」と使われるときのスリルや興奮の意味で使われるようにです。これは、誕生の反対語としての死亡を死といっているのではなく、人生の生き方に対照させて悦びや苦しみを表すために死の意味を使っています。人の生に対照されるものが死とすれば、それは自然なものなのでしょうか。

生に対しての終わりという言葉の意味は、生に訪れるものは終わりだと考えるからです。この終わりという言葉の意味は始まりに帰るということです。始まるために終わり、終わるために始まるという循環の生命運動。それは始まって終わりに向かうのですが、終わりに向かいたくないのにもかかわらず終わりに向かってしまうというのではなく、終わりに向かおうとして終わりに向かうものです。また、始まりに向かおうとして始まりに向かうのではなく、始まりに向かいたくなくても始まりに向かってしまうものです。性は恋となり、歓びとなって命を産みだし、産みだされた命は性を表し恋となり歓びとなります。ここには歓びでの始まりと終わりはありますが、決して死は現れません。性は生となり、生は性となって永遠に歓びで循環するものだからです。

生が死になるとは、命が消滅して再び表れることが無い状態ということを意味します。死の先には、何もない絶対の虚無や暗黒、現在という時間や空間が失われた、まったく光のない闇だけが無限につづくと考えられるものです。死の先に天国や地獄があったりするものでもありません。そのような世界は人間が言葉で空想してつくりだしたおとぎ話です。死の先には再生も他の世界もありません。絶対の無です。ですから、死に対照されるものは生ではないと考えます。

死に対照されるのは死です。では絶対の無であると死に対照される死とは何でしょう。それは、死が現れるのは、命（一人）から性が喪失（二人であっても一人という恋の死）したために歓びとなれず生が表れないことだと話したように、いま生きている人生を、自己の性を表せず恋の歓びを失いながら、死に対照されたドキドキした悦びで性を喪失（死）して生きる人生のことです。その人生は、生でありながら性が現れず、命が現れず、価値だけの、理性だけの、論理で人生が証明されるロボットやコンピューターの如き人間になります。本来、人は論理や理性で生きるのではありません。性で、恋で、歓びで生きるのです。人の生にそれらが失われれば、虚無と絶望が表れて死の生となるのは必然です。死という意味の世界となっている人生が、生の終わりで絶対の死へ行き着くのは当然でしょう。すでに死となっている生が肉体の消滅によって完結した死になるだけなのだからです。

死のあるところ葬送と墓標は在ります。死は葬送と墓標を必要とします。それらは死に生の意味を与えようとする生者の悲嘆の象徴だからです。あるいは、それは葬送と墓標でしか生を表せなかった死者の虚無と絶望の象徴であるともいえるでしょう。歓びで生を表した人に添う墓標は必要ありません。生そのものが葬送であり墓標となるからです。

10　姓名と墓標について

私たちは、自分たちに息子や娘が生まれれば、健やかに育って欲しいと、幸せになって欲しいと、強く願いながら命名します。その名の上には当然、姓が付くことになります。苗字とも呼ばれ、家名とも呼ばれる姓は家を表し、明治三年に一般庶民がその名のりを許され、明治三十一年の戸籍法が制定されることによって、家ごとに固定したものになりました。人の名に姓をつけて呼ぶのは日本だけでなく、世界的な傾向となっています。姓については現在、夫婦別姓は是か非かという論議が高まっています。夫婦同姓を強制するのは女性を差別し、社会的に不利益を与えるものだとの考えによるものなのでしょうが、同姓、別姓を主張する両者とも、現在の姓そのものを使用することに異議はないようです。いまの我が国の民法は家の制度的な存在を認めていませんが、実際には、私たちは姓を家名だと考えています。姓が親子を通じて相承されていることがそれを示しているでしょう。

姓はその家系や先祖を象徴するものと考えられていますが、事典によると、苗字は名字ともいい、名の字（あざな）であり、それが居住地名と結びついて地名的な名称が苗字となっていったと記述されています。いずれにしても、氏や姓や苗字が仕事や地名などの社会的、地域的な要因から発生していることは事実です。社会性があるからこそ、家の名で自らの出自を誇ろうとするのでしょう。ですから、家名は先祖の父母たちそれ自身を象徴はしません。家名が象徴するものは先祖の社会性です。しかし、先祖がどこに住んでいようと、どのような仕事についていようと、そんなことはさして重要なことではありません。大切なのは先祖の父母たちの恋です。その恋があればこそ、いまの私があるのだからです。先祖の父母たちの恋がそのまま表れているのはただ一つ、この身体しかありません。先祖の父母たちは、常に私自身そのものによって象徴されると考えます。

姓名は私を言葉で表すものだと思います。その私は父母の恋から生まれました。私は父母の恋とその歓びの表れなのです。なのに私の名前に父母の願いは表れても、父母そのものの存在は表れません。その姓に表れるのは家名で象徴される先祖の社会性だけです。社会性を表す家名に先祖や父母が隠されてしまうのです。先祖や父母が家名によって隠されれば、私もまた隠されるでしょう。一般的に、他者から名前を呼ばれるとき姓を呼ばれます。よほど親しい関係でなければ、名そのものを呼ばれないのが、私もまた隠されるということを示しています。私は正確に呼ばれ、表されなければなりません。

たとえば、私たちの善塔敦彦、竹下ヨシ子という姓名は善塔という家名につながれる敦彦であり、竹下という家名につながるヨシ子です。私たちはそれぞれ父母である男と女の恋の歓びのなかに生まれたはずです。とすれば、私の名の前に冠される姓は父母それぞれの名であるべきでしょう。父と母の左都夫とけいという名が私の姓となって左都夫けい・敦彦となり、誠蔵とミサエという父母の名が姓となって誠蔵ミサエ・ヨシ子というのが彼女の姓名となります。この私たちの新しい姓名は私たち自身の存在を自然で正確に表現します。私たちは父母の恋で存在するのであって、家名という社会性につながれて存在するのではないからです。名が体を表し、体は名を表します。私たちが在るかぎり、父母は私たちと共に在ります。

私たちの命は父母の恋であり、生でもあります。このことから、貴方たちの日常の歓びは親である父母の歓びであると同時に、私たち親の亡き後は、貴方たちの生が両親の墓標に代わるものとなるのです。したがって両親の墓をつくる必要はありません。

11　時間と空間について

人間とは何か、私とは何か。生とは、死とは何か。ということについて私たちの考えを話してきました。現在まで、それらは総て時間と空間の制約のなかで考えられてきたことです。しかし、自然人の人生観や生命観は時間や空間を超越したところで成り立つものだと思います。なぜなら、個々人が認識する時間や空間が有ろうとも、それは人の感覚や認識を離れては意味をもちえません。人類がいつごろから時間や空間を認識したのかを正確に知ることはできませんが、その認識は「私」と「貴方」が言葉の論理性に囚われて価値の悦びを目的として生きることがなければ現れなかったものだと思います。ですから、私たちが時間と空間を論理の悦びを求めることで現したのであれば、恋に生きる人類は、論理の悦びを性の歓びで超越するがゆえに、新しい世界では当然に時間と空間を超越することができるだろうと思います。

今、私たちは価値の悦びに生きています。
その生は明日に向かって生きています。
今日を明日のために生きるのです。
なぜ、今日を明日のために生きるのでしょう。
今日が歓喜と成らないからに他なりません。
明日のなかに悦びを求めるのです。
そして、明日が今日になったとき、その悦びはまた明日に求められます。
明日に生きようとして、今日を失くします。
明日と希望がなければ生きられない今日。
努力をしなければ生きられない現在。

論理と時空でなければ表せない人生。

それは、今日を明日で、現在を努力と希望で、生を論理と時空で表そうとする欲望の企てです。しかし、それらの企ては永遠に虚無の死で終わらねばなりません。なぜなら私の生は、存在は、歓びは、明日あそこという時空によって私たちのものになるのではなく、性により、恋によって、今日ここに歓びとして実現されるものだからです。

現在という時空は、私と貴方の二人の性で恋で、今日、ここで歓喜にされるものだと思います。そのとき今日の時空は、明日の時空を必要としない、絶対の時空になるでしょう。今日、ここが在ればそれでいいという時空なのです。新しい世界に生きる二人の前に訪れる時空は常に今日、ここの歓びとして存在させられます。ただ、今日、ここの歓喜が日々訪れるだけなのです。その日々は、いつ終わってもいいと思える完結した歓喜の時空です。そして、完結しているがゆえに、その今日、ここは永遠の今日となり、無限のこととなります。私は性であり、恋であり、歓びです。その世界で人は、性と恋によって歓喜となり、時間と空間を超越するでしょう。そのとき、その人たちは絶対で、全く完全な自由と歓喜の生を獲得することになるだろうと予想します。

有史以来、未だ、欲望を突き抜けて性と恋の無限な歓喜の境地に自覚して立った人間はいません。しかし、人類がなおも世紀を重ねて生きていこうとするのであれば、その境地に自覚して立たねばならないでしょう。そして、人類は必ずそこに立つことが出来るだろうと思います。なぜなら、太古のヒトは自覚こそしていませんでしたが、一度はその歓喜の境地に立っていたと考えられるからです。それを証明するものは先述したように、私たちが言葉の悦びに生きているにせよ、「私」という認識をもち、言葉によってその世界を表現しながら生きているという事実です。その「私」は性と恋の歓びによって生み出されなければ表れようもなかった存在であるからです。欲望の生は理性や倫理では決して突き抜けられないと思います。言葉の論理性が、価値観が、欲望を生み出すのであるからです。欲望の生を突き抜けて歓喜の境地へ導くものは性と恋以外にないでしょう。その歓びを表す言葉と行為こそが、男女の恋を、昇華させて普通の愛に想変異させ、私たち人類を歓喜で自由と平和の境地へと導くものです。

これからも、論理の世界で悦びに生きようとすれば、必死や懸命、覚悟や悲壮、研鑽や修行、一心不乱や努力励行などの人為な力の要請が宿命とされます。また、権力や権威、地位や名誉、富裕や健康、教養や学歴、思想や信条など、諸々の社会的な要素が必要にもされるでしょう。しかし、性と恋には、それらの、行為を無性に形容することや社会的なものはいっさい必要とされません。ただ、男と女でありさえすればいいのです。そして、性への偏見から自らを解き放ち、自由に自然に恋の歓びを言葉と行為で表現しあえばいいのです。

私は、一番最初に「自己の性を実現する」ことが歓びの生き方でしかないと言ってこの話をはじめました。その結論は、価値で悦びを、論理で世界をつくりだすのではなく、「私の性を実現し、貴方の性を実現する」歓びで言葉を、世界をつくりだしていくことだと思います。

今まで話してきた内容はすべて、私だけでは見つけられない世界です。彼女に教えられながら二人で見つけた、正確には「女と男の思想」です。

メーテルリンクが書いた『青い鳥』の童話は、チルチルとミチルの幼い兄妹が夢の世界で、幸福をもたらすという青い鳥を求めていろいろな国々をさまよいます。思い出の国、夜の国、未来の国などを探し歩きますが、ついに、その鳥は見つけられずに夢から覚めます。しかし、夢から覚めて、その幸福の青い鳥は自分たちが飼っていたハトであることに気づくのです。そのとき、青い鳥はチルチルとミチルの元から飛び去ってしまいます。幸福は遠い国にあるのではなく、自らの足元にあるということを暗示する物語でした。

私たちもチルチルとミチルのように幸福を求めて、悲しく苦しい旅をしてきました。錯誤と挫折を繰り返しながら、恥ずかしさや辛さ、怒りや憎しみなどで半生を過ごしたのです。そしてついに青い鳥を見つけました。見つけてみればその鳥は、いつも互いの隣に「貴方」となって寄り添っていたのです。そう、青い鳥は自分自身が恋の鳥にならなければ、決して見えない鳥なのです。チルチルとミチルのもとから青い鳥は飛び去りましたが、一度見つけた青い鳥は、自分自身が恋の青い鳥であるかぎり、決して自らのもとを飛び去ることはありません。青い鳥は青い鳥のもとでしか生きられないからです。

第四章　人間としての幸せ

「人は幸福を求める　幸福は人間だけが求めるものである」

幸福とは何か、何によって構成されるのか

すべての人間は幸福を求めます。しかし、それはすべて同じものではないでしょう。その形態や内容には人の数だけ多種多様な違いがあり、またその求め方もいろいろあるからです。幸福を求めるといえば、すぐ連想されるのは「チルチルとミチルの青い鳥」の話でしょう。二人は幸せの青い鳥を求めて、さまざまな世界を訪ね歩きます。しかし、見つからず結局は帰った家で見つけるのですが、せっかく見つけても逃げられてしまいます。それでも青い鳥を求める物語は人々の人生と重なりあって強い共感を呼び、世界中の人々に名作として読み続けられています。そのことは、「幸福が何なのかを私たちが本当には知らない」ということを暗示、象徴しているので

はないでしょうか。

もし本当に知っているなら、幸福の形がそれぞれ人によって千差万別であるということは、起きないのではないでしょうか。

そしてまた、それが捕まえられないということもないように思います。

幸福について

幸福の真の姿かたちは解らなくても次のことだけは言えるでしょう。

私たちはそれなしに生きていけないということです。この場合の生きるとは単に生きるということではありません。

ただ生きていても、人間は生きていると実感できない生き物だからです。したがって、生きていると実感するにはそのための何かが必要になります。

思うにそれは、きっと何らかの喜びでしょう。それ以外に生を実感させるものはないだろうからです。喜びは幸福であるとすると、喜びの真の姿が解らないと真の幸福も分からないことになるでしょう。

私たちは喜ぶために千差万別といっていいほどさまざまな物事を作り出しています。常によりよい喜び、より大きな幸福を求めるからです。いや現在だけではなく古《いにしえ》から悠久に続いてきたことです。したがって古からの喜びを求めて作り出してきた物事を加えたら、それは無限になるでしょう。無限になるほどの喜びを作り出してきながら、なお真の喜びを見出せないとはどういうことなのでしょうか。考えられるのは、私たちの求めている幸せや喜び自体が本物ではないかもしれないということです。なぜなら、それは、自ずと存在する絶対的なものではなく、常により良く、より強く、より大きくと相対的に求められるものだからです。

それ以外の方法では喜びや幸せを作り出せないゆえに、古から、無限なほどに物事を作り出して来なければならなかったのではないでしょうか。そして、相対的に喜びや幸せを求めるかぎり、今後も未来永劫、より良い物事を作り出しつづけることになると思われます。もちろん、それで良ければ何も考える必要はありません。しかもその喜びや幸福はすべての人が得られるわけではありません。相対的とは他と比べることでもありますから、喜びとそうでないものが表れること、古からの表現でいえば、喜劇と悲劇が、幸と不幸が表れることでもありましょう。

そしてその表れ方とは、喜劇よりも悲劇が、幸福よりも不幸のほうが圧倒的に多いのです。喜劇や幸福は、相対的な性質によってより良いそれへと向かうことによって、常に他方に悲劇や不幸を作り出し、作り出されたそれらは何とかして喜劇や幸福になろうとして、相対的にさらなる悲劇や不幸を作り出すという表れ方をします。

いつの時代も弱者と強者が、貧者と富者がつくられ、犯罪は頻発し、法律は増えても減ることがなく、紛争や、戦争は無くならず、文明が自然を犠牲にして発達するのも、すべては私たちが常に相対的な喜びと、幸福を求めて止まないからではないでしょうか。つまり喜びと幸福は、真にそれを実現できないことによって、それへの欲望を刺激しつづけると考えられます。そうであれば、私たちが知るべきは喜びや幸せそれ自体でなく、それを相対化させるものは何かということではないでしょうか。

そしてその答えは「私」以外にはありえないでしょう。この世とは私が認識し、働きかけて表す世界であるからでしょう。

現在の私という世界

人は誰でも「私」という存在です。重い病気でないかぎり自己を認識しない人間はいないでしょう。そして、その私はどこにいるかというと、みんな自分の顔を指しますから身体のなかにいます。私は外部世界と内部世界という二つの世界を認識しますが、それは身体を境にして分けられています。ではこの二つの世界はどのようにして私を成り立たせているのでしょうか。特にこれら二つの世界は、一番最初どういう順序でどのように現れたのでしょうか。それは多分、外部世界によって内部世界が形成されるという順序だったでしょう。なぜといって、人に意識があっても外部世界がその意識によって認識されなければ内部には、何の認識も表れないだろうからです。このことから、人は外部を認識することによって内部に、その認識を形成したのではないかと考えます。

ここで私の考える意識と認識の違いを述べておきたいと思います。

意識は感性を主にし、認識は知性を主にしていると考えます。感じることと知ることの別です。感じるとは他の動物のように自然な感性で感じ取ることです。認識するとは知ることであり、それは言葉によって可能になることです。ゆえに、外部世界の認識とは言葉で知ることを言います。すると、言葉とともに外部世界が認識されるということになります。言葉で働きかけてくる外部といえば、それは他者しかありません。つまり、他者から言葉で働きかけられることによって人の内面に認識世界が表れるということです。ここに、「私」を考えるにあたって他者の存在が欠かせない対象として現れることになります。

親子の同調と共鳴

原初、他者からの働きかけで人に認識世界が表れたとすれば、その現象を起こせるのは親子の関係しかないでしょう。

人間の子は生まれるとすぐに親から命名されてその名を呼びかけられます。子は「ママですよ」「パイパイですよ」といって抱きながら乳を含ませ、「パパですよ」と呼びかけ抱き上げる親の存在にすぐ気づくでしょう。それらは感覚でかなり明確に認識できるものだからです。そして、親からの喜びの呼びかけ音声に子は生命的同調性でその喜びに共鳴しようとするでしょう。（親子の同調と共鳴の現象についてはサンドンの研究があります。）ゴンドンとサンダーという人たちが新生児の行動を撮影して、そのフィルムの一コマずつを細かく調べるというマイクロ分析をおこなった結果、大人の言葉かけに対してまるで同調するかのように、新生児が手足を動かして反応していることを見出しました。この現象は話し手と聞き手が互いに同調しているという意味で、相互同調性（インタラクショナル・シンクロニー）と呼ばれています。また、英国エジンバラ大学名誉教授トレバーセンの分析例では、母親の話しかけと生後2ヶ月の乳幼児の発声と行動が、交互に出現して対話の原型を示しているとして、もっとも早い時期での同調や共鳴の現象が起こっているとの研究結果も知られています。この新生児の共鳴や相互同調の性質は生後に会得されたものではなく、生得的に備わった自然なものであるとして、ボウルビーはそれを「前適応的」と表現しています。（参考文献、『心理学の探究88』　松井洋、田島信元　ブレーン出版）

上記のような相互同調行動から、幼児は母との交流を通して一体的な生命快感を感じていると推察できます。そして乳児にとっては、その快感が生の全てでもあるでしょう。

親にとって子への呼びかけは歓びなのですから、その音声での歓びに子が共鳴しようとするのは生命の快感性から考えても自然なことのように思えます。つまり、親は言葉で話しかけますが、子はそれを言葉とは認識せず快感音声と受け止めて共鳴しているでしょう。原初の言葉は意味の伝達ではなく、音声として快感そのものを伝達すると考えられます。

しかし、親から呼びかけられつづけられるうちに子は、同調性からその音声に関心を向け、次第に音声の内実、意味に気づいていくでしょう。なぜなら音声言語は明確な対象を指示して呼びかけられるからです。音声言語の指示性に気づいた子は、「ママ」や「パパ」や「パイパイ」という言葉とその対象としての母親や父親の像や、乳の味や乳房の感触を結びつけて覚えるでしょう。

言語表象と記憶

覚えられた外的対象としてのそれらは、単に認識されるのではありません。

それは言葉によって表象記憶されたイメージなのですから、言葉でなければ表れない快感という意味で、必ず意味快感になるでしょう。つまり言葉とそれに指示された対象は、親の歓びに同調、共鳴しようとする子の生命性質によって結びついて表象一体化され、歓びとともに記憶されると考えます。したがって、「ママ」という言葉（名詞）がなければ対象のイメージを記銘し、記憶し、想起することはできないでしょうし、それによる意味快感も表せないでしょう。

そして、いったん記憶された両者は、名詞（代名詞）さえ想起できれば対象のイメージを想起できるようになり、イメージを想起すればその名詞を思い出すことができるようになります。これは人間が認識するすべての対象についていえるでしょう。言葉のない他の動物が人間のように物事を想像したり、空想したりできないことは、そのことを示しているのではないでしょうか。言葉によって初めてそうしたことが起こせるからです。

そうであれば、私たちが意識する物事の裏側には常に言語が張り付いていると考えるべきでしょう。ただ、物事のありありとした具象性に目を奪われて、裏面の言葉に気づけないだけです。例えば、子はだんだんと母親がいなくても「ママ」という言葉を想起すると母親をイメージすることができるようになります。母親がいなくなるとママ、ママといって泣くのはそのことを示していると思います。それは同時に、母親を見て意識しているときにも、無意識の世界にはママという言葉があると考えられます。つまり、言語表象しイメージする人間は、意識、無意識に物事を、認識しているのではないかということです。

原初のイメージ世界

幼子が上記のように表象イメージを形成しているとすれば、生まれながらの意味宇宙のなかに、ママやパパやパイパイ、ブーブーやワンワンなどという個々の表象イメージがシャボン玉のようにポツンポツンと浮かんでいる状態が想像されます。それらのイメージは親の言葉かけによる教えで何の脈絡もなく、一つまた一つと快感表象されていくでしょう。無限定な（空間や時間という認識のない）意識宇宙のなかに、言葉による物のイメージ世界が少しずつ創り出されていきます。

そして、その世界は記憶されていつでも想起される快感認識なのですから、生まれもった無限定な感覚世界を認識世界に変えていくことになると考えられます。さらに、その意味世界は快感という明確な刺激であることによって、自然で生得的な世界であるかのように受け止められていくでしょう。

自己世界の形成

表象イメージがポツン、ポツンと浮かんでいる認識の宇宙はやがて身体世界に統合されることになります。その統合は自身の表象イメージである自己を形成することによって実現すると推察されます。幼子は親から自分の名前を呼びかけられても、初めのころはその対象物に気づけず表象イメージを形成することができないでしょう。しかし、繰り返し何度も呼びかけられるうちに、名前の対象となる自分を見つけようとするようになります。

最初に気づくのは身体のどの部位でしょうか。それは多分、手ではないかと思われます。物に触れたりつかんだり、引き寄せたり叩いたりして感覚するのは手であるからです。

また、その手は身体のなかで最初に自分で見ることのできる部位でもあります。手とその感覚こそは、最初に自分の目で見て認識することのできる対象です。表象するためには身体を一個の像として対象化できなければなりませんが、身体像への気づきは子の意識が親の身体との異同に気づくことから始まるのではないかと考えられます。自分の手と親の手の別は幼子に親の身体と、自分の身体の別に気づかせ、気づいた自身の身体を母親から呼びかけられる名称の対象物にして、自己の表象イメージを形成するのではないかと推察されます。

自己の表象イメージが形成されると、今まで無限定な意識宇宙のなかに浮かんでいたさまざまな物の、イメージ像が身体的に統合されて自己のなかの、物の認識という内部世界になります。こうして外部（他者）世界によって内部（自己）世界が形成されると考察されます。物と言葉で快感存在させられている自己は、その世界から出ることができないため自らの非自然性に気づけません。

育まれる自己世界

親は幼子を生命的な愛着関係と認識するため、その育成は無償、無条件な絶対的愛情で行われます。親は養育しつつ幼子の言語意識を育むために、さまざまな物を言葉とともに与え表象イメージで快感させながら自己という意味世界を拡大成長させていきます。基本的にその養育は親から子へ一方的に行われます。意味快感は後天的に言語で形成されるため、本有的には生成され得ない快感であると思います。言語自体が歯や爪や髪の毛、あるいは身体感覚や生命感情のように自然に生じるものではないからです。

しかし自然には生じるはずのないものである意味快感がひとたび生じてしまえば、それは生命を覆うものとなり、生命がそれに仕えるようになるでありましょう。例えば、自己意識のために生エネルギーが費やされたり、究極的には自己意識によって生命が絶たれることも起こります。人間だけが自殺するという現象は、そのことをよく表しているのではないでしょうか。

自然や生命に基盤をもたない自己意識の本質は虚無なのではないか、そうであればこそ常に自らの存在を実感、確認しようと快感となる物と言葉を欲望することになるのではないでしょうか。それがなければ快感は表れず、自己の虚無性を埋めて存在化することができないからです。

子の自己意識の受動性

親から与えられる意味物の快感は幼子にとって存在の前提です。したがって、その表れ方は自然なものと受け止められることになります。そして、子は自らの中にそれに適応した受動性質を形成していくでしょう。親は快感を与える授動的存在として表れるのですから、子はそれを受ける受動的存在になります。

しかし、子はその関係を関係として認識せず、生まれながらのものと受け取りますから、成長に伴って受動的快感性を次第に強化拡大していくでしょう。なぜなら、子の成長とは自己意識の拡大であり、その本質は意味快感です。したがって、それを形成する意味物への欲望が強まるのは必然になるからです。

しかも、親は子の欲望を喜んで受け入れます。それが成長の証であると考えるからです。幼子がこの時期に持つといわれる全能感の基盤は、親が細緻的に与え授ける愛情にあると思われます。

幸せを感じる

親は子が3歳くらいになるまでその欲望を受け入れながら養育します。歓びだけに充たされた養育期間によって、子の自己意識は絶対性を会得すると考えられます。つまり、苦しみや悲しみのない喜びだけで成り立つ絶対的な自己です。そして、そのように養育されていれば、自己は喜びだけの幸せがあることを信じて疑わないでしょう。人間にとってこの時期ほど絶対的な幸福を感じる時期はないと思われます。

これ以後、人は一生に亘ってさまざまな苦しみや悲しみに見舞われます。もし、幸福よりも不幸が多いと、あるいは両者が同じだけ表れるとしたら人々は生きていけないでしょう。いや、現実のこの世には幸福よりも不幸や悲劇のほうが圧倒的に多いとするのが正確な理解です。それにもかかわらず、私たちはそれを超えて幸福への希望を持ち続けながら生きていきます。そうさせるものこそ、2、3歳くらいまでの養育で自己意識の喜びだけの絶対的で無意識的な経験であると考えます。この原初の快感経験が私たちが大人になっても希望と夢をもちつづけながら生きる基盤になると考察します。

第五章　人間の存在形式

作為された他力世界

親の無条件な愛情によって全能感を形成した自己意識は、その幸福のなかでいつまでも他力的に生きようとします。そして快感となる意味物を与えるよう親に「わがまま」を要求するのです。

しかし、親はいつまでもそれに応えることはできません。本来、意味物は与えられるものではなく自力で得る物、創り出す物だからです。したがって、他力での物のある状態は、親が養育のために作り出した一時的な虚構世界であり、子にとっての真実の世界は意味物の無い状態です。子の自立をめざす親は、少しずつ幼子の要求する意味物を拒否して、本来の物のない状態を教えていくことになります。

存在への欲望

いままで与えられていた意味物が与えられなくなる事態が表れます。子にとってその無くなり方は、当然に有りえた日常的な快感が突然無くなるという状態です。これは、無くなってもまた得られるという経験をしていない子にとって無ですから、「有るの無い虚無」です。すでに自己意識は意味物で快感存在しているのですが、そこに快感を剥奪される虚無が出現するのです。そうなれば、自己意識に存在性を否定される強い不快感が表れるでしょう。いままで他力に拡大成長してきた自己意識に、一転してその拡大や存在を否定するかのような剥奪無が与えられれば、それに対する大きな憤りと、それを解消して元の他力な快感状態に回復させようとする強い欲望が表れるでしょう。快感存在しようとする欲望は、強い怒りの感情になって表れると考察されます。

力動行動の表出力動性と有無原理

怒りの感情はすぐさま身体的な抵抗行動となって表されることになります。つまり意味物を拒否されて快感できない状態は、それまで形成してきた快感による存在性を欠如させるため、子は親に対してその不全を解消するよう怒りの力動行動で実現を迫ります。もっと言えば、わがままからの怒りのエネルギーを単なる不満や、不機嫌という静的態度で表すのではなく、泣き叫んだり、怒鳴ったり、暴れたりする怒りの情動行動で表現して、親に剥奪した意味快感を回復するように迫るのです。親から見ると駄々をこねていると映りますが、それは三、四歳頃の幼児がいままでどおりの他力による快感世界の復旧を要求して、懸命に表す怒りのエネルギーが力動性（暴力性）として発揮される現象といえるでしょう。この行動は、親が子を自力で成長させようとすることになって必然に現れる現象と考えられ一般的に第一反抗期と呼ばれている現象ではないかと察せられます。

その反抗期は、有と無からなる意味の対称原理の無い側面を親が露《あらわ》にすることにともなって表れる抵抗反応と考えられますから、子が親の意味世界に生まれ育まれたことの根源的な宿命が初めて顕在化し表面化する現象であると言えるでしょう。ちなみに、意味世界の有無対称原理とは、有ると無いが対称していてどちらか一方では成り立たないことです。つまり、意味が表れるには有ると無いの状態が必要であり、有るは快感に、無いは不快感になる原理です。したがって、人間にとって意味は必ず快感と不快に、幸福と不幸に、喜びと悲しみ、喜劇と悲劇に分裂対照されて表れることになります。

人間存在の暴力性

欲望による力動性は、自我意識が快感存在するために表す意味対称性（男がいなければ女が表れないように、また女がいなければ男が現れないように）による、「自己が在るの快感を得るには他者を無いの不快感にする原理」他者否定力となりますから、幼児が成長すればそのまま力動性も発達して他者否定の暴力性質となるのは必至でしょう。

ましてや、幼児のまま成長して物を作り出して快感を得ることができないとすれば、人間どおしは意味物の所有をめぐって暴力が介在するほかないことになります。いや、そうした能力があったとしても欲望する人間同士は、より良い意味物をめぐってそうなるでしょう。仮定して言えば、大人になった意味世界の自我どうしは有る快感と無い不快感をめぐって生死をかけた暴力での戦いを具現させることになると考察されます。この人間関係の交通不可能な原初の状態を、トマス・ホッブスは「人間は人間にとって狼である」や「万人の万人に対する闘争」と述べたのではないでしょうか。

力動性の無力化

幼子の力動性による反抗行為は、言葉で話したり諭したりできるような、理性的な対応で解決することはできません。それは、まだ理性を備えておらず快感を求めて不快感を避けようとする生命の快感追求原則から現れる行為だからです。したがって、反抗を止めさせるにはその快楽原則を逆手にとることが必要になります。どういうことかというと、怒のもとになっている意味物の無い不快感に対して新たにより大きな不快感を与えることで、快感原則を快感を求めるよりも不快感を避けることの方を優先するように機能させることです。

具体的には子の怒りの力動行動である反発や反抗の泣き叫んだり、怒鳴ったり暴れたりする行為を、親は大きな愛情からダメ！　と怒気を示して叱ったり、時には体罰を用いて体感的に禁じることです。子の快感を要求する力動性は意味物を基盤に表れていますが、親の体罰を含む禁止行為は、子との生命関係である愛情を背景に与えられるものです。

親からの怒りで身体に直接加えられる感覚的不快感は、子に親との生命関係が断絶されるような強い恐れや、不安感を生じさせるでしょう。つまり、自己意識は意味物の無い不快感よりも、親との関係が断絶する生命的不快感のほうにより大きな恐れや不安を感じるということです。子は深刻な恐れから逃れるために、より小さな不快感である「無い」を「我慢」するしかありません。

我慢の性質

意味物の無い不快感を我慢すると、親はその我慢を「おりこうさん」や「我慢できたね」とやさしく褒めます。親からのやさしい言葉は、今まで子の心にあった親との断絶の恐れを一転して解消するものでなくてはなりません。そして褒めことばは不快な我慢を少しずつ不快感ではないようにしていくでしょう。親は意味物を与えながら、時に子のわがままからの意味物の要求を拒否しつつ、我慢できれば褒めて不快感ではなくなるように躾けていきます。少しずつ我慢ができるようになると、こんどは「よく我慢したね」と褒めながら好きな物を与えるようにします。我慢することがよいことであると感じるようにするのです。我慢ができるようになると、子は親の言いつけを聞けるようになり、さまざまなことを身に付けられるようになります。したがって、我慢こそ子が成長するための不可欠な基盤性質になります。

有無を関係づける我慢

親の養育と躾で幼子は四、五歳になると少しずつ我慢できるようになりますが、その我慢は有ると無いが分裂して無関係に表れている自己世界を変えていくことになります。我慢できるまで意味物の有ると無いは、有るか虚無かに分裂しており、両者の接点は無いでしょう。

しかし、虚無を我慢すると親はそれをやさしく褒めて、再び意味物を与えて、有るの快感状態を回復してくれます。この繰り返しは、子の自己意識に「無いけれども我慢すれば有る」ということを気づかせていきます。「無い」が「我慢」によって「有る」と関係付けられて不快感と快感が解消され、対称的に表れるようになるのです。そして、無いはわがままを言った時だけに表れ、言いつけを守る良い子で有るの快感が与えられるのですから、子供ごころに親との関係で快感するには、我慢が必要であると解かるようになっていきます。そう考えれば、子が親の言いつけを守って我慢することは、我慢させる親と我慢する子の間に快感をめぐって暗黙の約束が成り立つということでもあるでしょう。すなわち、子が我慢すれば親は必ず褒めたり、喜ぶ物をあげて快感させるということです。人間世界のすべての出来事は先ず我慢から始まります。これまで述べてきたように、人は何も知らない状態で生まれて、少しずつ文化性を備えていくのですが、その文化性は我慢によって身に付けられるものです。我慢のできない人間、即ち文化性を身に付けていない人は、人間とは見られません。我慢こそは人間を人間とする最も必要な資質ではないかと思われます。

文化行為の躾

我慢をすれば後で快感になるという体験は、日常的に躾けられる生活態度をつうじて強化されていきます。我がままで野放図な行動を止めさせて決まった生活習慣での行動が要求されるのです。それは例えば、食べるために決められた姿勢で座り、コップやスプーンを持ったり、決められた箸の持ち方をすることから始まって、服の着方や、靴の履き方など生活のさまざまな場面で決められた動作ができるように教えられることです。幼子は自然な感性によって自由な動作をしようとしますから、なかなか教えられたようにしようとはしませんが、野放図な動きをすると不快になり、教えたように動作すると快感になるという、アメとムチの感覚的な躾け方を繰り返すことで親の教えを受け入れていくようになります。

真似する行為

最初は親から言葉がけされながら直接身体を操作されることを繰り返しながら教えられます。おとなしく教えられるようになると、親はしだいに手本を見せながら言葉で教えていくようになります。そして、幼子はその手本を見よう見真似で覚えようとするようになっていきます。しかし、幼子にとってそうした真似行為は大変に難しいことです。なぜかと言えば、文化的な動作は自然な動きと違って明確な目的や合理性を有していて、そのため動作に規制や正誤の区別があるからです。自然で定まらない動きを、目的や合理的に実現できるような決まりある動作にする必要があります。例えば食べるために、コップやスプーンを遊びに使うのは正しくありませんし、また逆さに持つと誤りになります。さらに、それらは内容物をこぼしたり、容器自体を落としたりしないようにして使わなければなりません。つまり複雑な運動能力が必要になるのです。

真似と運動感覚

真似る動作は子自身が自ら身体を操作することで可能になることです。前述したようにコップやスプーンの握り方にしても、どのくらいの力で握れば落ちないか動かしやすいかは感覚的に分かるものです。それはボタンのはめ方、あるいは服の着方や靴の履き方などにもいえることです。感覚的に動作を覚えなければ身体を操作して真似る動きを作りだすことはできません。要するに、親から身体を操作され、またそのように動作しようとすることを通じて、その感覚を覚え、覚えた感覚で主体的に身体を操作するようになるでしょう。難しい操作感覚も、真似行為を通じてだんだんと身に付いていき、それに応じて動作能力も高まっていくと考えます。

それは、それだけ運動感覚が文化的に発達して動作能力が身に付いていることを示すものでしょう。いうまでもなく最初はなかなか教えるようにできませんし、できたとしてもそれはとても稚拙な行為です。しかし、稚拙ではあっても教えられたように真似して快感しようとする行為です。したがって、真似しようとする態度自体を大いに喜んであげることがとても大切になります。少しでも真似しようとすれば、それをできるだけ褒め、励ましてその意欲を育むのです。もちろん、アメとムチの躾け方法なのですから、真似しようとしなかったり何度も間違ったりすれば叱ることも必要です。快感と不快感を用いた躾は、我慢という静的な行為から真似という能動的で主体的な行為へと幼子の態度を誘導していきます。

真似行為と秩序感覚

真似行為ができるようになっていくのは、一つ一つの動作に制約を与えて規則的な動きを作りだすことです。例えば、服を着るにも下着から上着へと着ていきますし、靴を履くにも靴下から靴へという順番です。食事にしても、食卓に座り、片方の手でお箸を持ち、もう片方の手でお茶碗を持つという順序や形式があります。そして、それらの動きはすべて決められた順番や規則にしたがって動作されなければなりません。そのように順序正しい行為は親は大いに褒めますから、子はそれを良いことと感じるようになります。反対に、お茶碗を持たずに食べたり上着の上に下着を着たり、靴の左右を逆に履いたりする不規則な行為は、叱られて不快感にさせられます。この着る、履く、食べるなどという日常の真似行為は、幼児の行動を規則化、人間らしく文化的にすると同時に、それを成り立たせる運動感覚も規制化していくでしょう。行動は位置感覚や平衡感覚や、皮膚感覚などで総合された運動感覚によって可能になるのですから親からの行動規制を受け入れるようになれば、その規制は行動を通じて運動感覚に反映されていくと推察されます。

そしてその関係は、動作の規制が運動感覚に影響を与え、運動感覚の規制的発達が動作の上達をうながすという切り離せない循環関係になると考えられます。つまり、規則的な生活行為が身に付くことで運動感覚が秩序化されていくのではないかということです。

真善美の感覚

秩序感覚は、親の教える規則、規範行為を真似しながら身に付けることで可能になると考えますが、それは幼児に真偽や正誤（善悪）や美醜の感覚を芽生えさせることでもありましょう。子は親の教える日常の生活動作を真似しようとするのですから、真似すべき動作は子にとって当面の真になるでしょう。子は親の教える規範行為の真偽を判断する知識や基準をもたないからです。

しかし、前述したように規範行為は何度も間違った動作を繰り返し、その度に正しい行為を教えられることを通じて真似できるようになるのですから、それは正しい行為と誤りの行為が、自分なりに解るようになることでもあるでしょう。つまり、親の絶対的規範的行為を身に付けながら、自分なりに行為の正誤が解るようになるということです。さらに真似する行為の正誤が解るとは、真と偽の行為が感覚的に解るということにもなるでしょう。また、正しい真似行為は良いこととして褒められて快感となり、間違った行為はいけないこととして叱られ不快感になるのですから、正誤の区別は真偽として快感と不快感とに区別されながら、同時に体感的な良し悪しとして自覚されるでしょう。この快感と不快感で自覚される良し悪しは、善悪感覚の萌芽になると考えられます。

さらに、行為の正誤真偽や良し悪しが感覚的に解って規範的に行動できるようになるということは、前述したように運動感覚自体に秩序性が備わっていくことでもあります。運動感覚に秩序性が備わると、その感覚を統一的に構成している位置感覚や平衡感覚や皮膚感覚など五感感覚にも秩序性が組み込まれていくことになるでしょう。

五感感覚に秩序性が備わっていけば、感覚的に無秩序な状態に対して違和を感じるような感性になるでしょう。例えば四、五歳になると子は、お風呂に入るときや水遊びをする場合には裸になることに開放感は抱いても、違和感を持ちませんが、家や町の中で裸になるのは違和や羞恥を感じるようになります。これは衣服を着る感覚の秩序性によって恥ずかしさや、気持ち悪さを覚えるからではないでしょうか。また、彼らは「きれい」や「バッチイ」などの言葉を知っているので、泥のついた手はきれいに洗って食べ物を口にするようになります。泥のついたままの手で食べるのは汚く感じて気持ちが悪いのでしょう。これらの事実は言葉と五感感覚の秩序性が一体化されて表れる美醜感覚の萌芽ではないかと考察されます。その延長線上に、整理整頓された環境に落ち着きや清々しさを感じ、散乱し乱脈な状態に居心地の悪さや気持ち悪さを感じるような美意識の感性が表れるのではないでしょうか。

目的と手段

教えられた身の回りの規範的行為が身に付いていくと、今まで苦労していたそのための動作がそれほど努力を必要としないでできるようになります。規範的行為が習性化した行為になるからです。行為がそれほど意識せずにできるようになると、いままで真似ることに集中されていた意識はそれから解放されます。そして、意識はだんだんと、行為と出来事の関係に気づいていくようになるでしょう。「教えられたように行為すれば、求められたことが実現できて快感になる」ことが解るようになると考えられるからです。さらに、その意識が進むと「こうすれば、こうなる」という行為と出来事を結びつけて認識するようになるでしょう。行為と結果を結びつけて認識するのは、行為には快感を作り出す効力があると知ることでもあります。そうなれば、本性的に快感しようとする子は、そのために行為の力を用いようとするようになるでしょう。玩具で一人遊びすることを喜ぶようになるのはその表れと見ることができます。そして「こうすれば、こうなる」という行為と結果の関係を、自身の欲求を実現するために用いるようになると考えられます。

しかし、その行為は必ずしも思ったとおりの結果を生みません。むしろ初めはそうならないことの方が多いでしょう。目的は自らの独自な欲求であり、目的が違えば手段も異なるため形式的な行為をそのまま適用することはできないからです。したがって、適用できるのは規範的行為を通して身に付けられた、順序や分割と統合の秩序感覚や正誤の認識などという真善美の感性でしょう。それを使うことで自らの欲求を実現すべく、目的と手段という関係で成り立つ行為が試行されていくことになると考察されます。それは、目的達成のための大いなる可能性を有した行為です。

差異の認識

自分の欲求を実現できる行為を見つけ出す試行は必然的に誤りや失敗が前提となるでしょう。規範行為を習得したときのようにあらかじめ正しい結果の出る行為と違って、結果の見えない試行は間違うことによって行為の正しさを知るほかないからです。

したがって、何度も失敗することを通じて手段行為の誤りを知りながら正しい方向に、修正していくことになります。

そして、それには行動をどのように、どれだけ直すかを知ることが必要になります。初めのころ、どのように、どれだけという知識は、少しや多く、小さくや大きく、強くや弱く、広くや狭く、近くや遠くなどの感覚的な言葉で教えられていましたが、そうした言葉では物事の差異を正確に解るようにはできません。そのために必要とされるのが数の言葉であると思われます。数の知識が用いられることによって上記のような差異が比較され正確な区別や、順番や量や格差が表せるようになるからです。それができれば、それは物事を比較的に考えられるようになるということであり、論理的な行為もできるようになるということでもあるでしょう。この数を用いた「どれだけ」と比較できる知識は結果の成否に直結する事柄ですから大変重要になります。

数の基本的な機能

一つ、二つ、三つ、四つ、五つと数を唱えることが数唱ですが、数唱させることはわりと早い時期から行われます。数の概念には一対一対応の決まりと順序の決まりと集合の決まりがあります。まず一対一対応の決まりについてですが、その決まりは言葉の名称分割作用を基本にしているため早くから身に付きます。数による一対一対応の決まりは、物を名前で分割して認識するのと同じ作用です。

例えば、どんな物にも名前がついています。名前は物を他の物と区別し、同時にその異同を理解させます。同じように、一つ一つの物に1、2、3、4、5と数詞を対応させていくと、それぞれの数詞を対応させた物はおのおのの別の物であることと、その異同が数で解かるようになります。数の1対1対応の決まりは言葉の名称分割の作用を基本にしています。つぎは順序の決まりについてです。それは数詞で1番2番3番というように順番をつけることです。この数の順序の決まりは、物で教えようとしてもなかなか覚えられないでしょう。先述した規範的行為を見習ったり、真似たりする行為を覚えながら初めて具体的に解っていきます。身体の動作で正しい行為を作り出していくには、動作の順番を正しく覚えなければなりません。正しい順番で動作することができて初めて正しい行為が構成されます。

また、一つ一つの行為が順番に行為され順序よく構成されることで正しい行為となり、求められた結果が現れることにもなります。

そして、順序よく出来た行為は大きな快感とされるのですから、数の順序も比較的容易に覚えられていくでしょう。最後に集合の決まりについてです。その決まりは、1つ、2つ、3つ、4つ、5つと数唱して最後に数唱した数が全体の集合数になるという決まりです。集合の概含は、それぞれの数を関係ある数として集め合わせることですから、動作と動作の関係が行為となり、行為と行為の組み合わせで出来事が表れるという真似行為の統合のしくみとよく似ています。真似行為が上達するにつれて数の集合の決まりも解っていくでしょう。因みに、2歳くらいになると1個とそれ以上が区別できて、もうひとつという概念が解りはじめると考えられます。3歳くらいになると2個の計数ができて、5までの数唱ができるようになり、教えに応じて「一つだけ」「二つだけ」の積み木をとることができるといわれています。そしてこの頃から遊びや行動の中に数が使われはじめるようです。4歳ぐらいになると3個の事物が可能になる。10までの数唱ができる。1以外の数から数えはじめることができる。計数範囲は数唱範囲よりも小さい。5歳くらいになると13個までは計数ができる。小額紙幣の名前がわかる。1から4までの数が書けるようになる。という認識が子供に対する一般的な見方なのでしょう。

数と価値意識

数の決まりが解っていくにつれて差異が比較をつうじて具体的に数値化され、強弱や優劣や損得などのさまざまな価値判断ができるようになると考えられます。

そして、その判断は何度も述べているように快感、不快感と密接に結びついているでしょう。例えば、今まで貰えればそれでよかったお菓子も、その大きさや小ささ、多さや少なさに関心を寄せるようになります。具体的には、1個より2個のほうが、2個より3個のほうが喜びますし、3個が2個に減らされれば不快感になるでしょう。また、子供のテレビマンガの物語でも悪人の数が多いとヒーローが危なくなることが理解できますし、敵が倒されて数が少なくなると主人公の強さが明確に分かるようになります。

これは、子の認識が数の知識によって物事を比較し、強弱や優劣や損得が具体的に分かる価値意識になることを表していますし、それによって快感や不快感が大きくなったり、小さくなったりするようになる基本的な例でしょう。それまで意味感情として表れていた快感や不快感が、数値による価値意識によって左右される価値感情になるということでしょう。

私は「育まれる自己世界」のところで「意味快感は後天的に言語で形成されるため、本有的には生成され得ない」と述べ、その例証として、それは「歯や爪や髪の毛、あるいは身体感覚や生命感情のように自然に生じるものではないから」と記述しました。

そして、「しかし自然には生じるはずのないものである意味快感がひとたび生じてしまえば、それは生命を覆うものとなり、生命がそれに仕えるようになるでありましょう」とも言いました。それからすれば、価値意識は生命を覆うものとなり、生命がそれに仕えるようになるということでもあります。

価値意識で認識される世界は、価値世界と呼んでいいでしょう。もちろんその価値判断や行為はまだ幼く基礎的です。

しかし、価値意識によって行われることに変わりはありません。価値行為は価値判断に影響し、価値判断は価値行為に影響して子の倫理性を急速に発達させていくでしょう。もちろん価値意識が発達していけば、それにともなって身体感覚や喜怒哀楽の感情は細分化されてより豊かに行動したり感じたりできるようになっていくと考えられます。

例えば、この頃になると前述したテレビマンガの主人公に憧れたり、そのヒーローに成りきって行動したりして喜ぶようになります。物語の主人公に成り切って喜怒哀楽を感じるのは基礎的な倫理性の力がつくことによって可能になるでしょう。それは勧善懲悪のテレビ番組を価値意識で見ながらハラハラ、ドキドキし最後は主人公が勝つカッコいい姿に共感して大きな喜びを感じていることでも分かります。

価値意識の発達

子供たちは六、七歳になると小学校へ入学し、本格的に系統だった知識を学び、運動を習い、集団での規律教育を通じて社会性を身に付けていくことになります。

この知育、体育、徳育の教えは彼らの価値観や価値感覚や真善美の倫理感覚を系統的に身に付けさせていきますが、教育で教えられた価値意識は家庭生活や、テレビなどの情報媒体や友達とのさまざまな遊びで実感的に身に付けられていきます。

そして、それらの体験をつうじてあらゆる物事を比較して区別し格差づけし差別化して認識するようになります。そうした価値認識は自らの快感のために学ばれるのですから、身に付けた価値意識は当然快感するために活用されることになります。こうした区別や格差や差別の意識は勉強のしかたに表れ、誰もができるだけ高い点数を取ろうと一生懸命に勉強するようになります。しかし、誰もが一番になれるわけではありません。どうしてもできる子とできない子が現れます。できる子は喜びで自信をもち、できない子は残念な気持ちで自信が揺らぐようになります。

また、クラスのなかでも好きな子や嫌いな子ができますし、好きな子どうしで仲間になったり、嫌いな子は仲間はずれにしたりすることがおきます。そして弱い子は仲間はずれにされないように強い子に同調したりします。そうなれば、グループのなかに強弱や優劣の価値で順位ができるようになるのは自然な成り行きでしょう。そうしたグループのなかでもそれぞれが上位になろうとしたり、仲間はずれにされないよう気を配りながら価値意識を働かせます。ですが、子供たちはそれぞれ快感しようとするのですから、気配りの出来ない子や気に入らない子を「いじめ」の対象にするようになります。子はそれぞれ幼い倫理意識で「いじめ」はしてはならないことだと解っていますが、厳しい倫理教育を受けていない状態では彼らの快感しようとする気持ちは容易に倫理観を乗り越えていじめてしまうようになるでしょう。ましてや、その快感は倫理を犯した背徳的快感ですから通常の快感より大いに刺激的なそれになると考えられます。子供なりにさまざまな知識を駆使して快感をつくりだしながら価値意識を発達させながら成長していきます。

数と金銭の快感関係

十歳頃になると親から小遣いをもらって好きな物を自分で買いに行くようになります。お金で物を買うことはそれが自分のものになることですから大きな快感になります。

そして、そのことは金銭の物に対する交換機能を気づかせていくと考えられます。お金の交換機能は現実に金銭と物を交換する親の行為を幾度も見たり、欲しいものを買ってもらったり、あるいはもらったおこづかいをお店で好きな物と交換する体験を何度も繰り返すという快感を通して無条件に信じられていくでしょう。1＋1＝2が正しいと教えられ、そのように答えて褒められつづけた経験から、その計算式を信じて決して疑わなくなるようにです。

また、お店で買い物する場合には必ずお金を支払ったり、つり銭をもらうことになります。支払いや、つり銭をもらうことは、数の順序や分割や集合の知識を生活の中で具体的に覚えさせますから、数の知識は一層身に付くことになります。

さらに、お金と物の交換機能が信じられれば、お金の数値は快感の量と切り離せなくなっていくでしょう。

例えば、子供たちはお正月にお年玉をもらいますが、その中の金額が気になるようになります。

五百円よりは千円のほうが嬉しいですし、千円よりは二千円のほうが大きな喜びになるからです。これはお金の額が快感の量になって感じられているといえることではないでしょうか。もちろん、それはまだ繊細、精密な金銭の価値意識とはいえませんが、お金が数での価値意識を通して快感と不可分になっていくことは確かであると思います。

学校の学びと価値意識

子供たちは小学、中学、高校、大学に学びながらさまざまな知識を身に付けていきます。それらの知識はそれがどんなに高級で難解なもの、あるいは高度に専門的なものであっても、快感しながら生きていくための手段になるものでしょう。

したがって、それら広範にわたる知識は、価値意識と切り離すことができません。もっと正確に言えば、そうした小学校六年、中学校三年、高校三年、大学四年の学業を通じて身に付けられる学識と経験が価値意識を豊かで明確な価値観にして人格を形成していくといってもよいと思います。

しかし、それは学んだ知識と学生としての限られた人間関係から得られるものですから、まだ基本的な価値観の域をでない状態でもあるでしょう。

変化するお金の機能

学生生活が終わり、彼らは一人前の社会人として働きながらお金を得るようになります。つまり、金銭を労働の対価として得るようになるのです。

すると、いままで快感だけをもたらしていたお金が不快感の代償として表されていることが解りはじめてきます。

例えば、辛い苦労や苦しい努力や懸命な精進という不快感の代償として、勝利や成功や利益という快感の達成ができるということです。もちろん、子供時代にお手伝いを頼まれたり、勉強を頑張ってよい成績を取ったりしたときにはご褒美としてお小遣いをもらったり、学生時代にアルバイトをして学費を稼いだりしたことは誰でもよくあることですから、お金が単に快感だけを表しているとは思っていないかもしれませんが、それは価値を表すお金の本当の形態を知っていることにはならないでしょう。働くことは対人関係のなかで自己の能力を物事で表すことです。

そして、その物事は他者によって金銭的に価値付けられます。価値付けられるのですから、それは当然他者の作り出した同じ物事と比較されて表されることになります。その量や質が劣っていれば評価は低くなり、優れていれば高くなります。低ければ売れず、高ければよく売れることになるでしょう。

すなわち、自己の能力が物事の評価をへて金銭的に価値付けられるのです。そうなれば他者より優れた物事を作り出すべく、自らの能力を懸命に高めることが必要になります。高められなければ劣等と評価され、価値の低い負け組となり、貧しい生活を余儀なくされ、ついには対等な人間として扱ってはもらえなくなることにもなるでしょう。人間としてそれほど悲しいことはありません。そうした状態を回避するため辛苦に耐えて努力する生き方が欠かせなくなります。物事は努力なしに成功することはありませんし、能力も発達したり、上達することがありません。要するに、価値の快感は不快感によって表れるということであり、お金はそれを象徴しているのではないかということです。

快感性の転倒

快感は不快感によって表れるという私たちの生き方が見えてきました。

しかし、その快感の表れ方は自然なものでしょうか。既述しているように、動物は一般的に〝不快を避けて快を求める〟生命本質をもっているのでしょう。このことは私たちの身の回りにいる動物を少し観察するだけでわかることです。彼らは快をもたらす物には積極的に近づきますが、不快をもたらすような物には近づこうとはしません。自然な快感は不快感を遠ざけることはあっても必要とはしないのです。したがって不快感によって快感を求めるというような現象は起きません。

しかし、私たち人間の快感は違います。不快を避けて快を求める動物的本能から、不快感に耐えて快感を求める人間的性質へ、さらには積極的に不快感を用いて快感を得る生き方へと快感を変質させていきます。

そうすることでより大きく刺激的な快感が得られるからです。それを代表するのが一流のスポーツ選手や、芸術家など一般人より優れた能力を発揮する人たちではないでしょうか。

不快感の代償としての快感

不快感を用いて快感を得る生き方は特別な感情や情念をつくりだすでしょう。まず既述しているように我慢や努力なしに勝利や成功はないのですから、基本的に快感は不快感の代償として表れます。

しかし、それは必ずそのように実現されるとは限りません。むしろ代償である快感を得られない不快感のほうが多いのが現実でしょう。例外はあるかもしれませんが、そうした快感の求め方ですべての人が生きているため、その生き方は必然的に競争や闘争を生むからです。優勝劣敗が世の常であり、勝者より敗者が多い現実はその結果でしょう。そうであれば、不快感によって得られた快感はとても大切になります。

例えば、私たちはサクセスストーリが大好きです。敗者が辛苦に耐えて勝者になる物語に感動します。それは、長い間辛酸をなめるような苦労や努力が勝利の歓喜で埋め合わされる感激です。そのストーリに自らの労苦を重ねて共感し感動するのですが、その本質は辛苦で喜ぶ不条理な生き方への悲しみでしょう。

快感が大切になると述べましたが、その快感とは換言すれば価値であり、価値を代替するのが金銭なのですから、つまるところ大切になるのはお金ということになります。不快感の代償としてお金が得られているとすれば、人々のお金に対する執着は絶対的なものになるでしょうという結果に達しました。

お金があればあるほど不快感は報われ、お金のない人から羨望されてより快感を大きくできるからです。対してお金のない人は何とかしてそれを得ようと必死に努力します。そして、得られればそれを大切に貯めて増やそうとします。貯まった金額が不快感を埋め合わす快感の量になるからです。

すなわち、お金は快感と不快感を交換できる唯一のものになります。そうなれば人間は快感するために生きているのですから、お金は何より大切なものになり、人によっては命を超えるほど執着することにもなるでしょう。

生を支配するお金

朝になると人々は一斉に働きに出ます。電車はお勤めの人で大変混雑し、街は人の波で溢れます。昼は忙しそうに行き交う車で途切れることがありません。会社や商店や工場の中では人々が真剣な顔で仕事をしています。夜になると街には色とりどりのネオンが輝き、一晩中その輝きをとめません。そこは眠らないで働く人々の世界です。

すべての人は何らかの仕事をして収入を得なければなりません。その収入をめぐって人々は日々一喜一憂し、喜怒哀楽し、好み嫌い、感謝し恨み、愛憎するなど、お金をめぐって人間のすべての感情と欲望が渦巻くのです。

もちろん、休日はあります。その時間は好きな事ができるのですから楽しい日々を過ごせるでしょう。しかし、それは基本的に働くためにあるものでしょう。仕事のない休日は休日とは言えないのではないでしょうか。お金を得るために日々懸命に仕事をし、その仕事に生エネルギーを注ぎ、かつ、その不快感に耐えつつさらに努力しなければなりません。そして得たお金に大きな喜びを見出すのです。

こうしたお金のあり方を見ると、原則としてお金は不快感の集合された姿であると考えることができるでしょう。なぜなら、不快感はお金の交換機能によって欲しいものが買えるという観念に変換されることによって快感化されるからです。

観念と述べたのは、お金は使われるまで現実の快感にはならないということです。つまり、原則としてお金は、過去（得るまで）の不快感と未来（使うとき）の快感を現在の快感観念で結合しているということではないでしょうか。そうであれば、人間の生は過去、現在、未来という時間要素で成り立っているのですから、お金が生を支配しているといってもあながち間違いとはいえないように思います。

生きる厳しさを支えあう男女

社会は優勝劣敗で価値を表す仕組みで成り立っています。したがって、一般的に勝者と敗者の階層はピラミッドのような形になるでしょう。そのなかで多くの人々がより上層により豊かになることを目指して仕事に励んでいます。そうした環境の中で男女は辛さや苦しさ、あるいは寂しさや不安を癒して幸せになろうとお互いを求め合います。まあ、青春時代はそうした幸せを形成するよりも性的要因のほうが強く男女を惹きつけ合わせる場合も多々あります。

　しかし、冷静に現実を見るようになると男女は前者のほうの理由で交際しようとするのではないでしょうか。そして、それは厳しい社会の中で好きあったどうしを互いに癒しあい、助けあい、励ましあって幸せに生きていこうとするようにさせるでしょう。

崩壊する家庭

　二人は結婚して愛に満ちた生活を送りはじめます。世界がバラ色にみえて一番幸福に満ちた時期が訪れます。やがて子ができるでしょう。すると二人の関係は夫と妻の立場から父と母の立場へと比重が移っていきます。そのため男女の間に子育てと家族を養う仕事の苦労が入り込み、二人の愛情エネルギーがそちらの方へ少しずつ向かっていきます。三年、五年、十年と経つうちに愛情でつながっていたはずの関係が、義務的なつながりへと徐々に変質していくでしょう。

　しかし、当人どうしは愛を守りたい気持ちからそれを認めたがらず、愛の関係であると思い続けようとします。そのために義務感と、愛への期待が混在し、夫は仕事の疲れを妻が癒してくれるのは当然と考えるようになり、妻は夫のわがままな要求も義務感から不満をこらえてするようになるでしょう。しだいに夫婦の距離が広がって会話が少なくなり、癒し合い、助け合い、励まし合おうとしたはずの関係は、不平や怒りの言葉で互いのストレスを解消する夫婦喧嘩の多い状態になっていきます。夫婦の言い争いが増え、幸せになろうとした二人に喜びより、不愉快な思いや悩みの多い日が続くようになるでしょう。互いにお酒や競輪、競馬、浮気やパチンコなどさまざまな手段で憂さ晴らしするようになり、その程度が決まっていきます。こうなると、家庭は喜びや楽しみの空間ではなく、息苦しさや落ち着けない安らぎのない世界になるでしょう。家庭不和や家庭内離婚の状態に近づいていきます。やがて離婚という家庭崩壊に直面するようになります。

もちろん、この例は単なる一例を想像したに過ぎません。家庭崩壊にはさまざまなケースがあるでしょう。平成22年4月の厚生労働省の統計では、結婚した人が離婚する確率は約3割、3人に1人の確率であると発表されていますが、家庭内離婚の割合を加えればその確率はもっともっと増えるでしょう。そうした家族の不幸の原因を突き詰めれば、結局はお金に行き着くでしょう。お金は生を支配すると述べましたが、家族もその原則から逃れられないのではないでしょうか。

幸福とお金の正体

幸福とは何らかの喜びの集合で作られているでしょう。そして、その喜びは我慢や努力という不快感で作られているとも言えます。さらにその両者を交換という機能で交通させるのがお金です。したがって、お金のないところに幸福は表れないことになります。

概括的にいえば、お金の量と幸福の量は比例するといえるでしょう。それは反面でお金の量と不幸の量も比例するといえることでもありましょう。

お金は物事に対する勝者や優者の元に集まります。そのシステムで表れる富者、貧者の階層はピラミッドのようになると考えました。

これは、現在だけではなく歴史的にも世界がそうしたピラミッド階層で現れていることを見れば明らかではないでしょうか。

私たちはこの文章を幸福を考えることからはじめました。そして、それは人間の求めるものであるから、人間を成り立たせている「私」という意識存在について考えることになりました。さらに進んでその私が求める幸福、喜びの形成のしかたを考案するようになりました。その結果、原理的に幸福は、不幸を不可欠にして成り立っていると認識するに至りました。

これは人間として避けられない生き方です。なぜなら、それはすべて言語によって形成された人間の意識が作り出しているものだからです。

しかも、当の意識は物と事の価値を快感基盤にしているため、その快感を不可欠なものとして欲望します。そしてそれへの欲望は、さまざまな物事での文化、文明を果てしなく発達、発展させてきたのを見ても分かるように、相対的であるため限界というものがありません。また、その生き方は人間にとって大変に刺激的であり、悲喜劇どちらの側にも強い興奮をもたらします。

しかし、私たちはこの刺激や興奮によって生を実感しているのですから、その生き方を否定することはできません。この文章の冒頭で述べたように、悠久の昔から喜ぶために、千差万別といっていいほどさまざまな物事をつくりだしてきたのですから、これからもその生き方で生き続けることになるでしょう。

つまり、真の幸福は追い求めるものであって達成は困難ではないかというように考えられないでしょうか。

第六章　新たな生き方を求めて

生き方の可能性

さて、ここまで現実を見ながら、言語を持つ人間は不快感で快感を作り出す快感原理から逃れられないと考察してきました。

しかし、私たちは長年試行錯誤しながら、言語世界から逃れられないにしても、またその原理のなかで生きながらも、何とか不快を必要としないで快感する方法はないかと考え続けてきました。そして、その一つの方途と思えるものを見出しました。

これからは、そのことについて私たち夫婦の体験や経験を基盤にして述べさせてもらうのですが、事が事だけに話が抽象的になりやすいと思います。

これを読まれる皆さんもできるだけ想像力や洞察力を働かせながら私たちの言葉の意味を推察

していただければ有難いと思います。

「親子の同調と共鳴」の項で「原初の言葉は意味の伝達ではなく、音声として快感そのものを伝達すると考えられます」と述べました。これは人の子の音声や表情や身振りなど身体性をとおした動物的な、言い換えれば自然なコミュニケーションのあり方ではないでしょうか。

ところが、その自然な快感伝達方法は次第に言葉の指示性をつうじて意味として伝えられ、言語認知されるようになっていきます。

例えば、ママという言葉で指示された対象物が母親という意味となり、その認知で子は快感するようになるのではないかということです。そして、物事が言葉で対象化されるには対象者と対象物の間には何らかの距離が必要となります。距離のとれない物事は対象化できないのですから、意味も価値も表せません。したがって意味と価値で作り出す快感原理も表せないということになるでしょう。人を人間と呼ぶのも深い意味があるように思います。私たちが一生のあいだ個人として自立しながらも、一人で孤独に人としての最後を迎えなければならないのも人間だからです。

しかし、その人間にもできるだけ他者と距離を縮めて一体化しようとする時期が訪れます。それが思春期から青年期、成人期というだいたい12歳頃から25歳位頃までの男女による性で結びつこうとする時期です。

もちろん、性といってもその意識は価値観に大きく覆われています。好意や愛しさや尊敬や信頼感など恋愛に不可欠な情念は、価値意識によって表れるものだからです。そうでありながらも、それらはすべて男女が一体になろうとして起こる熱情です。つまり、人間であるよりは男女であろうとするのです。

そして、男女であろうとするのは互いが身体で快歓しようとすることでもあります。さらに重用なのが、その快歓の現し方だと思います。それは快感と快感で快歓をつくりだすものです。人間と人間は不快感で快感をつくりだしますが、男女は快感と快感で快歓をつくりだします。ということは、原理的に人間として生きるより、男女として生きたほうがより幸せになれるということにはならないでしょうか。悠久の昔から連綿と男女の恋物語が語りつがれ書きつがれてきました。それは、いつの日か必ず男女の愛の世界が実現されるとの強い理想への憧れからでしょう。

私が貴方を意識するのではなく、貴方によって私が意識される認識関係

原初、他者からの働きかけで人に認識世界が表れたとすれば、その現象を起こせるのは親子の関係が最も代表的なものでしょう。

人間の子は生まれるとすぐに親から命名されてその名を呼びかけられます。子は「ママですよ」

「パイパイですよ」といって抱きながら乳を含ませ、「パパですよ」と呼びかけ抱き上げる親の存在にすぐ気づくでしょう。それらは感覚で明確に認識できるものだからです。

そして、親からの喜びの呼びかけ音声に子は生命的同調性でその喜びに共鳴しようとするでしょう。（親子の同調と共鳴の現象についてはサンドンの研究があります。）親にとって子への呼びかけは歓びなのですから、その音声での歓びに子が共鳴しようとするのは生命の快感性から考えても自然なことのように思えます。つまり、親は言語で話しかけますが、子はそれを言語とは認識せず快感音声と受け止めて共鳴しているでしょう。原初の言語は意味の伝達ではなく、音声で快感そのものを伝達すると考えられます。

第七章　思春期と性春期　性のめざめ

生命の大嵐

価値能力、即ち基本的な価値判断能力、価値行為能力を身に付けた子供たちは十二、三歳になると思春期を迎えます。

彼らは生まれてからこれまで二度の生命的な大嵐に襲われました。一度目は、生まれるとすぐ親子一体の自然な快歓性を、親からの言語行為で抹消され、意味快感を植えつけられた原初の嵐です。それによって幼児の生命性が飢餓化し意味快感を欲動するよう根源的に転倒変質されました。表れた欲望は有るの意味快感でありつづけるために無いの意味不快感を力動性で排除しようとします。

力動性は人間世界に無秩序をもたらすために、二、三歳のころに親からの恐怖で抑圧されます。

そして抑圧から我慢・忍耐の倫徳性を身に付けさせられる嵐に遭遇します。この二度の生命的な大嵐は、共に親の手で作り出されて外部から子供を襲いました。したがって創り出された二度の嵐は、親に養育や教育の苦労はあっても一方的に子へ向かって吹き荒れた人工の嵐でした。本質は子に対する愛情なのですが。

しかし、思春期になって表れる三度目の嵐は子の生命内部から湧き上がってくる強い性エネルギーが原因になります。それは生命の自然なエネルギーであるため、不自然に形成されてきた少年少女の自己意識に広く深く深刻な影響をおよぼすことになります。今度の性の嵐は、今までとは反対に子から親に向かって激しく吹き荒れます。親と子の不自然な関係は、自然な性エネルギーがもたらす疾風怒濤の大嵐によって翻弄されることになるのです。

生命の雌雄化

性エネルギーが湧き上がっていく思春期は、生命に生殖能力が備わっていく時期であるため、心身にさまざまな性徴が少しずつ現れてきます。例えば男の子であれば、声変わりして、恥毛や腋毛が生え、身体も逞しくなって夢精が起こるようになります。また女の子であれば乳房が発達し、初潮が見られ身体も丸みを帯びてふっくらとしてきます。身体にそれら性徴が現れてくるのと前後して、意識の側にも異性に対する興味や関心が現れます。

この心身の変化は、昆虫が幼虫からさなぎになり、さなぎから成体へと脱皮羽化して成虫として変態誕生しようとする生命現象に例えられるでしょう。変態現象は昆虫だけに限られません。幼体から成体へ成長するのは、その様態は変わってもすべての動物に見られる普遍の生命現象です。人間の場合は、昆虫のように劇的に変態しないように見えますが、内面的には不自然な意識世界が自然な雌雄性によって昆虫以上に劇的な変態現象を引き起こすと考えられます。

性の目覚めによる少年少女の変態現象は生命における快感性の変質として現れると考えられますから、その変質は親子一体性の快歓から雌雄一体性の快歓への変態となるでしょう。したがって、自然な親子一体性の快歓を消失させて、不自然な価値快感としての親子一体性を身につけた彼らに引きつけて言えば、快感性の変質は、不自然な親子一体性から自然な雌雄一体性の快歓へ向かって変態しようとする生命の自然現象と言うことができるでしょう。思春期の変態現象は、両性に一途に異性を求めて誘引、誘惑し合おうとする本能を発動させると同時に、親との不自然な一体的関係から離脱し、自立しようとする激しい反発や、反抗の衝動をつくりだすことになります。疾風怒濤の大嵐という所以です。

性教育とは

現在の性教育は、人間に属する性質として男女性があるとの考え方によって行われているでしょう。したがって男女性は基本的人権のなかに位置づけられ、両者は社会的人間関係をとおしてその平等性や、同権性を認め合い、互いに尊重し合いながら仲良くしなければならないと考えられています。

そこで重要視されるのは、理性的な人間性や社会的な男女性（ジェンダー）や権利としての人権意識であり、そのもとで男女の生殖生理の違いが生理学的知識として教えられているでしょう。

宗教的な教えとその崩壊には、それなりの理由があり大切なことなのかも知れませんが、子供たちの自然に萌えでる性意識の本質にかなったふさわしい方法といえるでしょうか。

例えば、知識は認識世界を広げますから私たちの知性に大きな喜びをもたらします。ですが、知ることでの得心や納得、安心や安堵は、解ったことで物事への興味や関心を薄めることにもなります。もし子供たちに対する性教育が、男女性を人間の部分的性質や単に価値ある性質として理解させたり、性器を生殖の器官としてのみ了解させるものであるとすれば、その理解や了解は、子供たちから性の神秘性や、崇高性から表れる畏敬や尊重の念を失わせ、性意識を表面的な知識や理性でドライに処理させるようにもなるのではないでしょうか。そうであれば、そのことで子供たちが妊娠中絶問題などを起こしたとしても不思議ではありません。

また、生命の中心から湧き上がる思春期の性意識は、知性を超えて男女の親和感情で結びつけるようになるため、知識では理解し切れないことが大きく起こります。

子供たちの知性は、性意識をよく理解できずに異性に対して不安や心配を感じ、疑心や不信といった思いも生じさせるでしょう。

また一方で、知らないことの不安は解ろうとする知的好奇心の欲求を強めたり、強がりや冒険心から自らの身体を安易に扱い、遊びの手段にしたりするようにもなるのではないでしょうか。

さらに大人になれば、知性や理性が発達して自然な性意識は抑圧され、社会性が責任感から個人意識を強めます。過度に個人意識が強まれば、独身時代を謳歌しようとして晩婚化が進むでしょうし、別れることへの抵抗感も薄れて離婚が一般化し、それが常識であるかのように意識されてもいくでしょう。別れた父母と子の関係が希薄化したり過保護化する一方で、子連れ結婚が親子の関係を複雑にさせるようにもなります。

また、社会的、経済的な快感への欲望が強まる一方で、性関係での歓びが減退し、結婚への夢や期待が弱まって非婚の常態化が起こります。少子化現象が深刻化している理由でしょう。

思春期、青春期、壮年期という人間の一生を貫く上記のような性の問題は、その時々を通した教育や、学習が行われなければならないことを表しているのではないでしょうか。特に、思春期や、青春期における性教育では、男女の生命関係を身体感覚を通じて教えることで、命や性の絶対的な意味を自覚できるようにすることが大切ではないかと思います。

愛し合う男女

男女の性的価値意識は自己と他者の価値意識と同じように、その基盤は、自我と他我世界の図と地の一体的認識形式から表れます。しかし、より根源的には言語意識の虚無、虚有の意味原理を背景にしています。そのため、男女の性交の快感は究極的に意味の有無である意識存在の生死として感覚されます。性の快感が意識存在の生死として感覚されるとは、性の快感が究極の昇華感覚である熟死感（果実が種を蔵して爛熟するような生を凝縮、内包した死、あるいは死によってより高次に昇華した生を表す快感感覚）をもたらすことです。即ち、男女は性交の絶頂において歓喜で自己を熟死させ、その熟死感覚は言語意識を虚無化します。性的価値意識は、存在の絶対化である熟死を性の歓喜で実現するため、男女の間に差別意識を強めていきます。互いを差異化し差別化して絶対存在させる悦びは、恋情となって激しく高揚し二人の世界を輝かしく彩ります。性差を拡大し快感創出力を強めて絶対的に意味存在しようとするのは、男女の性的価値意識の独特な差別性質です。

絶対の快歓性について

新生児の生命性を「快歓」であるといいました。何か特別なことのように思われますが、その生命性は男女の性命関係に由来されるのですから、自然生命的には動物全般に妥当な普遍的性質でしょう。快歓の性質を直観的に一言でいえば、「性の快歓から生まれた快歓生命」と表現することができると思います。快歓生命の生命性は快歓でありつづけると直観されます。例えば、産み生まれる生命発生の現象が男女の性関係に由来されることを否定する人はいないと思います。その関係は両性が相手の性で歓びを創り出し、その歓びと歓びでさらに大きな歓びを創り出していくという快歓の循環で関係する形態です。そこには快歓だけが表れて不快感は表れません。両者の性快歓が「快歓でありつづける」と考えてみれば、性の快歓は生命にとって絶対の快歓というべきものです。絶対の快歓に生きる生命にとって、本来は意味や価値という相対的な快感は必要とされないでしょう。絶対生命はただ自然の生命でありさえすれば良く、意味や価値の快感という決して生命を生み育むことのできないものに関心はないからです。したがって快歓発生した生命の本質は「絶対快歓」と表現すべき自然性質になるでしょう。そしてその生命性質はそれにふさわしい生命形態を現すと考えます。

性の主導権

男女性の身体的特徴は、異なった形の性器が挿入と受容の行為で嵌《はま》ることで結合、一体化するように生まれついています。

そして、その結合には異性の性器がそれとして機能するように勃起することが必要です。勃起は男性の性エネルギーの発露現象であると考えられますが、人の場合は必ずしもそうではないように思えます。他の動物のように決まった発情期というものがなく、常に発情状態にあるというのが定説になっているからです。他の動物は発情期が決まっていますが、人間は感情が発達し過ぎていつでも発情するのでしょう。

事実、若い男性は一寸した刺激で勃起します。しかし、その勃起は異性の想像や妄想ともいえる精神作用によって起きるでしょう。また、それは言い換えれば、そうした精神作用が起こせなければ性交のための（例えば男性の自信喪失や、無関心さなどの状態に陥ったとき）勃起ができないようにもなるということです。他方、女性の場合は男性器を受け入れるという受動的な立場ですから、異性のように強く欲情しないかわりに性交ができなくなるという心配もありません。

自ら欲情するのではなく、異性に欲情させるために性の魅力を放出して発散します。こうしたことから分かるのは、生命的に性関係は女性が主導するということです。男性は欲情しなければ性交しようとはしませんし、その欲情は常に自己確認の性質をもっています。つまり、自己の性によって異性を歓びの存在にすることで自己確認するという機能です。その確認ができたとき、自己は自己としての本質的な存在意味を証して心身ともに歓びを実感することになります。それはまた、その歓びをつうじて異性に同じ自己確認をさせることができるということです。こうして、自己の性をつうじて両性は絶対的な歓びの存在になります。

ここで肝心なことは、そうした状態は本性的に女性主導の下で成り立つということです、なぜなら、性交をつうじて命を継続させていくのは一義的に女であるからです。したがって、女性は男性に対して常に歓びを用意できる存在であるということです。用意された歓びを実現することによって男は男としての歓びになります。

※男は女を歓喜させるだけではなく、男自身も女によって歓喜しようとしなければならない。女を満足させるのが男なのではない、そうしようとすると男は女を満足させるための道具になってしまう。男女が一緒に歓喜で死ねれば、男女はお互いの違いによってお互いの存在の意味が表れることを感得できる。

生命関係

性器の形態は嵌った時の往復運動で摩擦感を大きくし豊かな感覚刺激をつくりだすようにもなっているでしょう。この両者の身体性とそれによる性行為での感覚刺激は、男女に理性や知性を超越した理屈抜きの官能豊かな生命快感をつくりだします。生命快感としての性の歓びは、互いの心身での率直な表現をつうじて共鳴し合い、さらなる歓喜へと高まっていきます。

心身をつうじて交換される歓喜の内容は、お互いの性の意味です。例えば、男性器が男性器であることを実感するのは女性器の実感を前提にします。これは女性器も同じです。男女であることの実感はそれぞれ異性器によってのみ初めて表れるのです。

しかも、そのありありとした実感は生命快歓としてなのですから、それぞれの性の意味は異性に対する歓喜存在としてのみ表れることになります。性の意味が現れると、互いは性本能から意味をより大きく、深く表して快歓を高めようとします。そして、快歓の高まりが男女の意味を強く実感させ、その実感が快歓を強めるという循環が形成されるようになります。

その循環は最終的に快歓を絶頂化し、究極的に男女意識を薄れさせて男女性を溶解させ、互いを絶対的歓喜へと向かわせます。絶対的歓喜は男女意識を溶解するのですから、それは男が女に、女が男に同化するような、あるいは男女の命が一体化するような、または生きながら心中するかのような生命の完全境を表す現象ともいえるでしょう。性の究極にそうした生命境地があればこそ、男女は新たな生命を発生させて永遠に命を生成更新し続けるのではないでしょうか。

これは男女が生まれながらに持っている生命性質から表れることですからもっとも自然な状態であり、かつ誰にでも容易に表せる普遍的な現象であるといえます。

したがって、こうした歓びと歓びの関係はなにも性行為の時だけに限られたことではなく、日常の家庭生活の全般にわたって表れるはずの現象でもあるでしょう。なぜなら男女の関係原理はいま申したように快歓原則なのですから、当の原則をそのまま日々の家庭生活に用いればいいだけのことになります。そうなれば二人の生活の全てに男女として生まれた幸せが溢れ出すようになるでしょう。この世で唯一、男女性だけが本当の幸福をつくりだせると考えられる理由です。

普遍的な生き方となる絶対的な原理や関係は、男女が絶対的な男女性を有している場合に限られるでしょう。絶対的な男女性とは、男女が互いを唯一ただ一人の異性として生命的関係を保つことが大切です。

あとがき

あなたへ
拝啓
長いこと時間がかかってしまいましたが、やっと本を出版する事が出来ます。

毎日パソコンの前で、一生懸命に悩み、苦しみながら書いていた貴方はとても素敵でしたよ。

貴方が志半ばで病にたおれてしまい私が、この作品を引き継ぐことになりましたが、いつでも、何処でも心の中で応援していてくれたので、頑張れたのかもしれません。

そして、
この先の人生がいつまでも、前向きな姿勢で楽しみながら、過ごせたらと思いますよ。

この本を読んで下さった人が、あぁーそういう考え方もあり、と感じて少しでもお役に立てたならば嬉しいですね。

文芸社様にて、編集出版にあたり色々お手伝い頂きました。

幸せです。

そして、ありがとうございます。

かしこ

著者プロフィール
善塔 敦彦（ぜんとう あつひこ）
1946年9月25日
千葉県山武市に生まれる。

SEXの原点

2020年4月15日　初版第1刷発行

著　者　善塔 敦彦
発行者　瓜谷 綱延
発行所　株式会社文芸社
〒160-0022 東京都新宿区新宿1－10－1
電話 03-5369-3060（代表）
03-5369-2299（販売）

印刷所　株式会社フクイン

ISBN978-4-286-21517-4